스프링 스프링

파란시선 0040 스프링 스프링

1판 1쇄 펴낸날 2019년 9월 10일
지은이 권기덕
디자인 최선영
인쇄인 (주)두경 정지오
펴낸이 채상우
펴낸곳 (주)함께하는출판그룹파란
등록번호 제2015-000068호
등록일자 2015년 9월 15일
주소 (10387) 경기도 고양시 일산서구 중앙로 1455 대우시티프라자 B1 202호
전화 031-919-4288
팩스 031-919-4287
모바일팩스 0504-441-3439
이메일 bookparan2015@hanmail.net

ⓒ권기덕, 2019, printed in Seoul, Korea

ISBN 979-11-87756-46-0 04810
    979-11-956331-0-4 04810 (세트)

값 10,000원

스프링 스프링

권기덕 시집

눈이 없는 내가

심장이 없는 나에게

신의 아름다움을 말하자

내 몸은 점점 검은 스프링으로 덮이기 시작했다

거울에 부정의 새들이 날아다녔다

차례

시인의 말

프롤로그   11

제1부 스프링

령   15

스프링   16

아무도 없었다   18

기타리스트와 이상한 가방   20

세컨드 라이프   22

몬도   24

그림자나무   26

식인나무   28

데브리스   30

못 본 척   31

블라인드 윈도우   32

얼굴로 둘러싸인 방   34

나무들   35

명   36

웰컴 투 어글리!   37

제2부 스프링나무

도마뱀   43

도서관   44

옆   46

B컷   48

벽 속의 얼굴   50

눈물   51

스프링나무   53

귀로 둘러싸인 귀로   54

즉흥 음악 수업   56

Jay Coffe   58

숨을 곳 찾기   60

드라이플라워   61

사이와 사이, 사이   63

상자에 들어가기 전 상자에 들어갔다   64

입속의 그림자   65

거울로 된 방에 눈이 내릴 때   66

멀리 있는 방 A를 위해 만든 방 A′   68

제3부 드라이플라워

-3월 73

(새)를 저항하는 새 74

원사이드 76

판다 78

봄의 바깥 80

마스크 82

열한 번째 손가락 84

불투명 바람 86

툴 88

곰팡이 90

13월의 금요일 92

백지 94

날아다니는 나무를 추종하는 자가
   수거해 간 구름의 흔적들 95

제4부 그림자놀이

리포토그래피 1   105

리포토그래피 2   107

리포토그래피 3   108

균열된 시공간에서의 마임   110

그림자놀이   112

은하약국 999호   114

춤추는 부조   115

부조의 진화   116

어느 구름의 흡입력   118

내부의 저녁   123

-3일 간 맨홀 위에 허무를 쌓는 자들의 기록   125

광장에 죽은 비둘기들을 쌓아
    기울어진 펜스를 설치한 자들의 변명   128

모른 채 변해 가는 장소들은
    우리를 과장되게 만든다   131

에필로그   133

해설

이병국 테셀레이션, 그 불가능한 시도와 가능한 모험 137

무대에서 소외된 자들이 스스로를 고립시키는 방법들

#5

몸에서 꿈틀거리는 선들이 달을 향해 뻗어 갔네
검은 피가 흘러내렸네
우물에서 내 목소리가 들렸지만
내가 아니란 걸 깨달았네
선들은 바람 속에서 다시 선을 낳고
불어난 선에서 가지가 뻗고
새들이 무리 지어 날아다녔네
선은 잊었던 불만과 이기심을 위해 휘어지기도 했고
둥글게 몸을 말기도 했네
공중에 검은 눈동자가, 검은 물길이 생겼네
모든 공간은 선들로 채워졌네
낮에도 달이 환했고 별들 또한 빛났네
까마귀들이 흰 나무에 내려앉아 노래를 불렀고
눈 없는 눈동자로 된 구름들이 눈물샘을 자극했네
화염이 된다면 저 달을 집어삼킬 것만 같았네
수천 개의 눈이 자랐고
수많은 새들의 지저귐이 몸에서 들렸네
나는 고뇌에 찬 표정으로 선들의 길이와 수를 어림했네
그만큼의 고통이 뿌리로부터 전해졌네
찢어진 날개에는 섬광이 있었고
눈에 보이지 않는 칼날들이 내 그림자 속에 있었네

령

　북방의 내리쬐는 햇볕 속에서 나는 깨어난다 헛헛한 목소리로 루퍼트 강을 불러 본다 강가엔 백인 사냥꾼이 죽은 동물을 밟은 채 담배를 피운다 바람이 비버의 심장 소릴 강에 던진다 뼈 장난감 차파추안을 꺼내 노는 인디언 소년들, 공사장 부근에서 실종된 아버지 목소리가 들려오고 흑가문비나무 숲은 "윈디고! 윈디고!"를 외친다 홀로 남은 여동생은 등이 휜 물고기를 닮았다 물고기 눈을 불에 던진다 어느새 비버는 강과 강을 돌아 다시 저문 강가에 출현한다 늑대와 스라소니의 굶주린 이빨이 정겹다 나는 표류하는 물총새의 몸짓 따라 유목을 한다 자작나무 숲길에서 자작나무 접시 하나가 떨어진다 소리들이 모인다 내 눈동자는 바위가 되었다가 급류가 되기도 한다 간혹 고라니가 비버로 보이는, 북퀘백의 적막함 앞에, 송어 이빨을 꽉 움켜쥔다 가진 것은 죽은 것이 아니다 나뭇가지에 곰 머리를 걸어 둔다 새로 정착한 티피에서 통통하게 살찐 느시가 익어 가고 모닥불은 문명의 그림자를 태운다 사냥 도구에 둥근 바람이 매달려 있다 내 무덤은 비버의 형상을 닮았다

●윈디고! 윈디고!: 인디언 크리족에게 전해져 내려오는 정령으로, 마법을 행하는 식인종.

스프링

나는 인간이 아닙니다 그러자 새가 되었다 나는 새가 아
닙니다 그러자 무화과나무가 되었다 나는 무화과나무가
아닙니다 그러자 무당벌레가 되었다 나는 무당벌레가 아
닙니다 그러자 열매가 되었다 나는 열매가 아닙니다 그러
자 바람이 되었다 나는 바람이 아닙니다 그러자 물이 되
었다 나는 물이 아닙니다 그러자 뱀이 되었다 나는 뱀이
아닙니다 그러자 벨트가 되었다 나는 벨트가 아닙니다 그
러자 구덩이가 되었다 나는 구덩이가 아닙니다 그러자 스
피커가 되었다 나는 스피커가 아닙니다 그러자 텅 빈 복
도가 되었다 나는 텅 빈 복도가 아닙니다 그러자 스프링
클러가 되었다 나는 스프링클러가 아닙니다 그러자 지하
실에 누운 고양이가 되었다 나는 지하실에 누운 고양이가
아닙니다 그러자 가짜 반지가 되었다 나는 가짜 반지가 아
닙니다 그러자 깨진 거울이 되었다 나는 깨진 거울이 아닙
니다 그러자 벽면에 반사된 그림자가 되었다 나는 벽면에
반사된 그림자가 아닙니다 그러자 '기차 칸에서 졸고 있던
얼굴이 사라지고 우리는 덜컹거리는 생각만 남았다'가 되
었다 '기차 칸에서 졸고 있던 얼굴이 사라지고 우리는 덜
컹거리는 생각만 남았다'가 아닙니다 그러자 말이 되었다
말이 아닙니다 그러자 말이 되었다 말이 아닙니다 그러자

밤을 볼 수 없는 눈동자가 되었다 밤을 볼 수 없는 눈동자
가 아닙니다 그러자 박쥐가 되었다 박쥐가 아닙니다 그러
자 내가 되었다 아닙니다 ……

아무도 없었다

문이 열리고 핀란드로 떠난 핀란드 친구가 돌아왔다

아무도 없었다

문이 열리고 돌아가신 아버지가 들어오셨다

아무도 없었다

문이 열리고 물에 빠진 아이들이 돌아왔다

아무도 없었다

문이 열리고 낙타가 들어왔다

아무도 없었다

문이 열리고 내전 중인 시리아 소년들이 들어왔다

아무도 없었다

문은 자꾸 열리고 눈물은 자꾸 흘러내리는데 아무도 없었다 아무렇지 않게 문이 열리고 나는 나를 잃어버렸다 모두 문 때문이었다

문을 닫자 방문객들이 모두 사라졌다

우리는 눈이 없었다

기타리스트와 이상한 가방

  동대구역 대합실에서 기타를 치던 내게 소년이 말했다 "아저씨 줄 하나가 끊어졌어요." 맞다 기타 줄은 끊어졌다 끊어진 기타 줄로 음악을 연주할 순 없는 걸까? 아니다 끊어져야 살 수 있다 끊어진 것만이 고요에 저항할 수 있다 끊어진 기타 줄은 원래 끊어져 있었고 애초부터 원곡을 온전히 연주할 생각은 없었다 소년은 집 나간 엄마를 기다린다고 했다 집 나간 엄마는 돌아오지 않는다고 말할 뻔했다 "아저씨 애인 있어요?" "응, 아니." 나는 애인이 있는 것도 없는 것도 아니었다 끊어진 기타 줄로 연주할 때마다 애인과 헤어졌고 애인이 없어도 끊어진 기타 줄을 연주하면 금세 애인이 생겼다

  소년에게는 가방 하나가 있었는데 캐리어라고 말했지만 중국집 양철 가방에 가까웠다 연주가 재개되자 소년은 양철 가방에서 가위를 꺼낸 뒤 자신의 머리카락을 자르기 시작했다 소년은 눈물을 흘렸고 얼마 후 끊어진 기타 줄을 위한 퍼포먼스라며 밧줄로 내 양발을 꽁꽁 묶었다 양철 가방에서 여성용 화장품들이 쏟아졌고 간혹 새 울음소리도 들렸다 기타 연주는 막바지에 이르렀고 그건 차라리 원곡을 흉내 낸 창작곡에 가까웠다 없던 관객들이 일제히

기립 박수를 쳤다

세컨드 라이프

귤껍질에서 검은빛이 떠오를 때
나는 하늘을 날 수 있습니까?

하늘을 난다는 건
검은 연기가 몸속에 가득 차는 것

그럼 제 몸을 태우겠습니다

내 몸이 조금씩 떠오르고 있다 나는 혼잡한 자동차들이
보이는 도로를 지나 빌딩을 지나 집으로 간다 내 몸은 일
정하지 않다 단지 바람에게 검은 눈동자를 맡긴 채 흐른
다 저 투명한 유리창에 당신을 가두고 나는 겨우 작은 어
둠이 되었을 뿐,

나는 괴물입니까?

붉은 저녁이 오고 있다 저녁이 저녁의 구름을 물고, 없
는 그림자를 저녁에 묻고, 하늘 위 까마득한 어둠에 날개
가 점점 커지도록 저녁이 오고 있다

나는 어느새 작은 마을을 덮는 새가 되어 간다

몬도

빈 꽃병처럼 소리로 가득하다

꽃대로 뚫린 몸 구멍을 휘저어도 좋다, 쑤셔 넣어도 좋다

꽃 기다리는 소리로 빵빵해진다

발가락이휘어졌다콘크리트철근파이프가팔관절을끌어
당겼다빗방울이온몸을두들겼다나는과거에내장을갉아먹
고달아난새떼를알고있다새떼는발설하고싶은욕망이싹틀
때마다찾아왔다진실이때론더잔인하다

소리가 음악이 될 수 있을까

나를 때리던 당신은 눈물을 흘린 채 말한다

푸른 하늘색을 그리워했어요 죽은 아들과 죽은 꽃 사이
검은 구름이 떠다녔으니까요 해바라기도 아닌데 목은 점
점 길어져요 몸속이 점점 사라져요 죽은 아들은 죽을 수
있을까요?

폐허가 되기 위해 몸을 비운다고 했다
울음소리는 울음소리와 합쳐져서 빈방을 가득 채웠다

창문에서 꽃들이 떨어진다

●몬도: 콩고의 악기로, 서 있는 사람 모양으로 된 드럼.

그림자나무

그림자에 심장이 있다면
검정 속에도 여러 색이 보일 것,

담벼락에서 나무가 되고 싶은 자는
눈물을 눈물 속에 숨긴 채
소리를 자를 것,

가지고 싶은 걸 내려놓을 때
오렌지 빛깔 새들이 지저귈 것,

거뭇 거뭇 거뭇 거뭇
벽에서 부는 바람은
불투명 입술,

잘리고 잘리고 잘린 물고기들이
벽 속을 헤엄쳐 올 때
발음은 수많은 발음이 된다

나의 감각은 우리의 것,
내가 너희들이 되어 간다

벽에서 여러 개의 목소리가 들려온다

달을 빨아 대는 건 나무가 아니라 소리다

식인나무

수만 개의 빈 의자들이 내려다보는 스타디움 한가운데
홀로 서 있습니다

~~너는,~~

~~박쥐입니다.~~

~~모닥불을 피우는 수행자입니다.~~

~~구름입니다.~~

~~인형입니다.~~

~~커다란 우물 속 얼룩입니다.~~

나를 모릅니다 머리가 사라진 채 팔다리는 허우적거립
니다 돌아갈 집이 어디인지 시간의 거울을 떠올려 봅니다
떠올리는 만큼만 창문이 생기고 아는 만큼만 꽃이 피는 마
당은 음악처럼 사라집니다

트랙안으로의자에서꿈을꾸던사람이달려온다의자에서
돈을세던사람들이몰려온다의자위에서멍든사람이멍든채
걸어오고의자옆의자에맞은사람이의자를던진다의자같은
의자가둥둥떠다닌다

입속에 머금은 말은 진공 속 바람, 언제부터 나는 바람
을 가둔 채 서 있었던 걸까요? 아무것도 안 했는데 바람이
불어오고 아무도 없는데 바람은 불어오듯 의자를 상상합
니다 의자에 달린 눈동자를 상상합니다 의자에 매달린 머
리와 팔다리를, 그리고 죽은 사람들 목소리를……

의자 1이 소리친다 의자 2가 소리친다 …… 의자 20,999가 소리
친다 …… 휴대폰매장—전기LED—부동산중개소—나—편의점—세
탁소—중국집—쌀가게—나—나—비디오대여점—분식집—나는 이
름을 잊은 채 죽은 나, 비가 된다 메아리처럼 사이를 떠다닌다

네가 옆에서 점점 불어나고 있었다

나는 처음부터 공적인 존재가 아닙니다.

데브리스

물방울 집이 있다

방 안에는 둥근 골목이 있고 검은 눈동자들이 푸른 달 향해 점점 커진다 골목에서 죽은 A는 여러 개의 A로 나눠 진다 잘려진 물들이 방 안 곳곳에 흩어져 있다

오늘은 머리가 사라지는 날이지, 얼음 가위가 꽃을 자르지, 피가 흘러내리지, 내 몸이 어제가 될 때 어둠이 될 때 비눗방울이 되지, 버섯이 되지, 시계가 되지, 타이어가 되지, 내 몸은 내가 아니지, 잘린 몸들이 흩어질 때 눈물이 나지, 하나가 떨어지면 또 다른 하나가 떨어지지,

독백처럼 물들은 놓여 있다

잘린 물들이 말라 갈 때 내 안의 너는 점점 닫히지, 커튼이 흔들리고 창문으로 들어온 낯선 거리의 그림자들이 닫히지, 잘린 다리가 닫히고 잘린 나무가 닫히지, 잘린 나비가 닫히고 잘린 노랫소리가 닫힌 채 거울에 반사되지,

둥근 골목은 죽은 A들로 가득하다

못 본 척

　(못 본 척) 눈물 흘리고 있다 (못 본 척) 꽃이 지고 있다 (못 본 척) 바람이 불고 있다 (못 본 척) 멈춘 시간이 멈추고 있다 (못 본 척) 비웃고 있다 (못 본 척) 고양이가 죽어 있다 (못 본 척) 아이들이 굶고 있다 (못 본 척) 말만 하고 있다 (못 본 척) 아름다운 것이 못 본 척할 때 무슨 소용이 있으랴 (못 본 척) 그 많던 꽃잎들은 다 어디에 갔을까 (못 본 척) 만지고 있다 (못 본 척) 슬퍼한다는 건 보이지 않는 계단에 죽은 고양이의 시체를 올려놓는 일, (못 본 척) 못 본 체한다 (못 본 척) 손수건을 건넨다 (못 본 척) 신발 끈을 동여맨다 (못 본 척) 구름이 흘러내린다 (못 본 척) 죽은 친구 이름을 불러 본다 (못 본 척) 사랑하고 싶었다고 고백한다 (못 본 척) 검은 종이에 검은 펜으로 너의 이름을 써 본다 (못 본 척) 아무도 없는 곳에 있다고 우긴다 (못 본 척) 봄과 여름이 매달려 있다 (못 본 척) 꿈에서 빠져나온 뱀이 바닥을 지나 얼굴 없는 마네킹 속으로 사라진다 (못 본 척) 날개가 없는 새들이 소리처럼 멀리 가기를 바랐다 (못 본 척) 그림자들이 없는 사람들을 데리고 벽 속으로 데려가는 걸 보았다 (못 본 척) 비가 그치고 있다

블라인드 윈도우

나는 나를 부정하라
너는 너를 부정하라
지금부터 보이는 모든 것을 차단하겠어
열지도 들여다볼 수도 없는,
채광 없는 창문에 나를 가둔 채
나를 상상하게 만들 테니까
(방 속의 방 하나가 쏟아진다 방이 굴러간다)
실로폰 소리가 들렸어
달까지 이어지는 계단을 상상했지
추위가 밀려오면 붉은귀토끼를 따라
피신할 생각이었어
거꾸로 자라는 나무를 그리다 잠들면
채광 없는 창문이 점점 불어나고
(방에서 나는 다시 작은 방이 된다)
작은 방 속 작은 방의 창문에서 들려오는
알 수 없는 소리들
보이지 않는 것이 보이는 것 너머
산란하는 동안
파묻어야 할 쥐가 있어
파묻어도 파묻히지 않는

풍경 바깥에 당신이 있어

얼굴로 둘러싸인 방

점을 중심으로 나는 다시 태어난다 창문 모서리에서 눈이 자라고 화분의 어느 잎사귀 끝자락에서 코가 자란다 사물마다 자라는 얼굴이 달라 표정은 표정이 아니라고 말한다 소파에서 자라던 얼굴은 기울어지는 달빛에 매달린다 시계에서 자란 눈동자가 울음소리를 좇아 안으로 휘어진다 거울은 얼굴로 흘러내린다 얼굴과 얼굴은 또 다른 얼굴을 낳고 간혹 깨진 얼굴이 온음표처럼 운다 붉은 피는 시선과 시선 사이를 비껴가고 나는 바람을 부리듯 얼굴 뒤의 커다란 원을 관통한다 얼굴과 얼굴이 만나는 지점에서 간섭이 일어난다 창밖에서 코가 자라던 얼굴과 시계에서 바늘에 찔린 얼굴 사이 얼굴 없는 얼굴은 자란다 박제된 새처럼 얼굴은 공중에 흩날리고 붉은 꼬리가 자라는 탁자 위에서 얼굴에 관한 퍼즐 놀이를 하는 나, (나), ((나)), ……동심원처럼 점점 커지는 얼굴 향해 퍼즐 조각 하나를 던진다 곤충들이 파편처럼 흩어지고 너는 유리로 둘러싸인 관 속에서 화석처럼 발굴된다 백 년 전 달빛이 돌멩이와 함께 굳어 가고 물구나무선 채 령들이 웃고 있다 물건들을 옮겨 본다 점을 중심으로 나는 다시 태어난다

나무들

　나무와 나무 사이 나무의 풍경이 있고 나무의 풍경과 나무의 풍경 사이 나무의 노래가 들린다 나무의 노래와 나무의 노래 사이 나무의 붉음이 있고 나무의 붉음과 나무의 붉음 사이 나무의 손길이 있다 나무의 손길과 나무의 손길 사이 나무의 바람이 있고 나무의 바람과 나무의 바람 사이 나무의 눈물이 있다 나무의 눈물과 나무의 눈물 사이 나무의 죽음이 있고 나무의 죽음과 나무의 죽음 사이 나무의 그림자가 있다 나무의 그림자와 나무의 그림자 사이 나무의 발자국이 있고 나무의 발자국과 나무의 발자국 사이 나무의 귀가 있다 나무의 귀와 나무의 귀 사이 나무의 잎사귀가 있고 나무의 잎사귀와 나무의 잎사귀 사이 나무의 구멍이 있다 나무의 구멍과 나무의 구멍 사이 나무의 겨울이 있고 나무의 겨울과 나무의 겨울 사이 나무의 빛이 있다 나무의 빛과 나무의 빛 사이 나무의 고독이 있고 나무의 고독과 나무의 고독 사이 나무의 눈이 있다

명
—살아 있는 자의 마음속에 있는 죽음의 육체적 불가능성

  내가 살아 있다는 걸 증명할 수 있니? 벤치에 앉아 곰곰이 생각해 보기로 했어. 나무가 내 몸속에 달아 놓은 심장 소리가 기계적으로 들리기 시작했지. 이 공간이 포름알데히드 약품 처리되었다면 나는 죽어 있음이 분명하지. 토막 난 몸이 수족관 속에 장식된 건지 모르지. 태엽 인형처럼 밥 먹고 양치질하며 죽은 아이들을 어린이집으로 보내고 있는 건 아닌지, 잘린 다리 하나는 개 이빨 사이에서 아픔조차 느끼지 못할 것 같아. 나는 죽어 있음이 분명하지. 태양이 머리 위로 탕탕 못을 박고 있지. 몸에서 못이 튀어나오고 있지. 쏠배감펭처럼 헤엄쳐 보기로 해. 왜 나는 내가 아니라고 말하지 못하는 걸까? 나는 죽어 있음이 분명하지. 부품들 달그락거리는 소리에 검은 새들이 똥을 누고 날아가지. 약품 처리된 게 분명하지. 단지 어딘가에서 내 머리카락이 되살아나고 눈동자가 곰팡이처럼 무한 증식되길. 나는 죽어 있음이 분명하지. 토막 난 기억들이 나를 증명할 수 없다면

●살아 있는 자의 마음속에 있는 죽음의 육체적 불가능성: 설치미술가 데미안 허스트의 작품.

웰컴 투 어글리!

슬리퍼로 벽을 만들었어요

슬리퍼와 슬리퍼 사이

바람이 불고

틈이 생겼지만

슬리퍼는 슬프지 않아요

슬리퍼는 어디론가 늘 맴돌아요

슬리퍼는 비 오는 날, 흘러내려요

슬리퍼슬리퍼슬퍼리퍼슬슬리퍼리슬슬퍼슬리슬퍼슬리
리퍼퍼슬리퍼퍼슬리퍼슬슬리퍼슬리슬슬퍼퍼슬퍼슬리퍼
퍼슬슬리퍼슬리리리퍼슬슬퍼퍼슬리퍼리퍼슬리퍼슬리
퍼슬슬퍼슬퍼퍼퍼슬리퍼슬슬퍼퍼……

슬리퍼 벽에서 문이 열리면 빨강 모자 쓴 그녀가 슬리

퍼를 신고 등장해요

　슬리퍼는 얼굴이 없어요 슬리퍼는 가슴이 없어요 슬리퍼는 감정이 없어요 (그런 슬리퍼를 사랑하는 데 걸린 시간은 단 3초!) 슬리퍼는 진실이 없어요 슬리퍼는 눈물이 없어요 슬리퍼는 할 말이 없어요 슬리퍼는 친구가 없어요 슬리퍼는 돈이 없구요 슬리퍼는 직업도 없어요 (그런 슬리퍼를 사랑하는 데 걸린 시간은 단 3초!) 슬리퍼는 가족과 애인이 없어요 슬리퍼는 우산이 없구요 슬리퍼는 그림자도 없어요 슬리퍼는 색깔이 없어요 슬리퍼는 음악이 없고 슬리퍼는 담배는 있는데 불은 없죠 슬리퍼는 슬리퍼가 없어요 슬리퍼는 슬퍼가 없어요 (그런 슬리퍼를 사랑하는 데 걸린 시간은 단 3초!)

　벽 너머 당신은, 당신이 아닌 당신

　총을 겨누고

　거울 밖 겨울을 견디며

슬리퍼들이 걸어가요 벽이 움직여요 벽이 벽을 따라 걸어가요 벽이 아닌 벽을

제2부 스프링나무

#6

우리는 꿈 밖에서 꿈을 꾼다
끝없이 추락하는 침대에서
불안한 내가 더 불안할 수 있는
가능성에 대해 물음을 던진다
문이 열리면 문이 열리고
열린 당신이 다시 문 앞에 서면
문이 열리는 세계
날개 없는 새가 날아다니고
열리면 열리는 방에서
푸른 악어는 푸른빛을 집어삼키고 있다
불안은 어디에서부터 오는가?
골목길을 뛰쳐나간 소년이 어른이 되어 다시 뛰어온다
문을 열고 언제까지 문이 열릴지
알 수 없는 시대
진실도 없이, 거짓도 없이 문만 열리고

도마뱀

　도마뱀이 도마뱀 그림 속에 들어간다 도마뱀이 그림 속 도마뱀과 만나 살구를 혀로 핥는다 살구에서 봄 햇살이 흘러나온다 봄 햇살에서 맑은 물소리가 들린다 그림이 물에 젖는다 물에 젖은 그림에서 도마뱀이 허우적거린다 그림 속 도마뱀이 그림 밖으로 기어 나온다 도마뱀은 수납장, 가죽 가방을 지나 잠든 그녀 꿈속으로 들어간다 곤충을 잡아먹는다 그녀의 불안이 깊어 간다 도마뱀은 늘 번식을 꿈꾼다 그녀의 안과 밖은 이미 그녀의 것이 아니다 도마뱀이 꿈속 구덩이에 빠졌다 기어오르기를 반복하는 동안 화분에는 꽃이 피거나 잎사귀가 부풀어 오른다 세상에 없는 문장들이 꿈 밖에서 그녀를 기다릴 것이다 세 아이를 껴안고 죽은 어느 여인의 신문 기사 주변을 곤충들이 날아다닌다 그림자마다 도마뱀 꼬리들 가득하다

도서관

　착란이 일어나자 귀 하나를 얼른 줍는다 주머니에서 물
소리가 난다 나는 눈 덮인 벌판에서 깨진 시계처럼 놓여
있다 피 냄새가 난다 처절한 전투가 끝난 듯 죽은 새들이
죽은 나무 아래서 날아오른다 네가 사는 곳도 살아 있다고
말할 수 없다 죽은 손들이 식탁에 올라오고 나이프는 끊임
없이 접시 위에서 죽은 것들을 소환할 것이다 거울과 유리
로 둘러싸인 방에서 우리는 늘 부분적 개체로 존재했으니
까 나는 비록 유령 같은 공간에서 낡은 여인숙을 떠올리지
만, 귀 없는 노루가 죽은 소녀를 핥아 주고 있다 물소리를
꺼내 문장을 쓴다 문장은 쓰여졌다 사라지고 사라졌다 남
겨진다 시체를 찾는 사람들 목소리가 들린다 목소리가 나
오지 않는다 그림자가 나타났다 사라진다 믿을 수 없겠지
만 나는 너와 지금 이 순간에도 마주하고 있다 단지 몸 밖
으로 튀어나온 거짓말을 눈 속에 파묻으며 현재와 과거가
뒤섞인 꿈을 반복해서 꾼다 참호에서 시계는 점점 불어난
다 사계절이 흘러내린다 책 속 사막여우가 배낭에서 꼬리
를 흔든다 꼬리에 꼬리를 물고 토하는 건 우리가 무심코
지나쳤던 풍경들, 척후병이 도착한다 우리는 다시 귀 하
나씩을 줍는다 물소리가 난다 총성이 울릴 때마다 물고기
들이 주머니에서 쏟아진다 물고기는 나무가 된다 물고기

는 구름이 된다 물고기는 바람이 된다 물고기를 따라 너
의 방으로 간다 물고기를 데려간다 벽 너머로 여러 개의
무지개가 보인다 무지개에 매달린 나무들, 나무에 갇힌 새
들, (힌트를 주세요! 비밀이 새 나갈 수 있도록), 눈 내리
는 물, 눈이 쌓이는 물, 물로 가득한 눈이 너와 나 사이에
흐른다 이명(耳鳴)이 시작되었고 어느 시대에 나를 데려다
놓아야 할지 알 수 없었다

옆

　음식물 수거함 뚜껑을 연다 죽은 비둘기가 누워 있다
　음식물 수거함 뚜껑을 연다 죽은 비둘기 옆, 바나나 껍
질이 누워 있다
　음식물 수거함 뚜껑을 연다 죽은 비둘기 옆, 바나나 껍
질 옆, 시계가 누워 있다
　음식물 수거함 뚜껑을 연다 죽은 비둘기 옆, 바나나 껍
질 옆, 시계 옆, 울고 있는 그림자가 누워 있다
　음식물 수거함 뚜껑을 연다 죽은 비둘기 옆, 바나나 껍
질 옆, 시계 옆, 울고 있는 그림자 옆, 없는 (나)가 누워
있다
　음식물 수거함 뚜껑을 연다 죽은 비둘기 옆, 바나나 껍
질 옆, 시계 옆, 울고 있는 그림자 옆, 없는 (나) 옆, 죽은
비둘기를 먹다 버린 바람이 누워 있다

　내가 더 이상 음식물 수거함 뚜껑을 열지 못하는 사이,

　음식물 수거함이 (　　　) 뚜껑을 연다 죽은 아버지가 누
워 있다
　음식물 수거함이 (　　　) 뚜껑을 연다 죽은 아버지 옆, 바
람이 누워 있다

음식물 수거함이 (　　) 뚜껑을 연다 죽은 아버지 옆, 바람 옆, 없는 (나)가 누워 있다

　음식물 수거함이 (　　) 뚜껑을 연다 죽은 아버지 옆, 바람 옆, 없는 (나) 옆, 울고 있는 그림자가 누워 있다

　음식물 수거함이 (　　) 뚜껑을 연다 죽은 아버지 옆, 바람 옆, 없는 (나) 옆, 울고 있는 그림자 옆, 시계가 누워 있다

　음식물 수거함이 (　　) 뚜껑을 연다 죽은 아버지 옆, 바람 옆, 없는 (나) 옆, 울고 있는 그림자 옆, 시계 옆, 바나나 껍질이 누워 있다

　음식물 수거함이 (　　) 뚜껑을 연다 죽은 아버지 옆, 바람 옆, 없는 (나) 옆, 울고 있는 그림자 옆, 시계 옆, 바나나 껍질 옆, 죽은 아버지를 먹다 버린 비둘기가 누워 있다

B컷

도넛 모양 입술에 전화기가 매달려 있어요 바지 지퍼에 바나나 껍질이 낀 당신에게 고양이 눈빛을 기대합니다 커다란 오렌지를 발로 찬 뒤 막대사탕을 입에 문 느낌으로 당신의 예상을 깬다면 얼마나 좋을까요? 웃으면서 노랑 우산을 노랑 우산 속에 쑤셔 넣는 건 새에게 눈물을 빌려주는 것, 롤러코스터를 상상해요 환영에 사로잡힌 방식으로 나를 복제하는 중이죠

구덩이에 떨어진 비둘기가 비둘기를 지우듯 내 귀는 점점 닳아 가요 프레임마다 돌이 박혀 있죠 사실, 문제는 당신이 아니라 당신의 웃음이죠

비가 내리기 시작했다
북극에서 날아온 물고기에게
이어폰으로 노래를 들려주었다
신발에 얼음이 얼었고
파문과 파문 사이
노래가 흘러나왔다

내가꿈꾸는생활내가숨쉬는공간누가나를못난이라불러

48

도나는다시촐싹대지통조림캔을던져도보이지않는손들은
마구불어나고상투적질문에도감사하며살아가는나,나도알
지못하는나는내가아냐

    비는 눈으로 변했다가 다시 비로 내렸다

    잘린 다리와 잘린 손가락들은 잘린 게 아니라 잘 있겠
죠 어떤 풍경을 배회하거나 다시 잘린 채 꽃이 되었길 바
라요 빗속에 눈이 내려요 눈 내린 빗속에 나조차도 모르
는 내 시간이 흘러요

벽 속의 얼굴

　매직아이 그림 보듯 벽면을 쳐다본다 벽에서 코가 튀어나온다 없는 사람을 부르며 눈물을 부르며 겨울나무를 부르며…… 나는 어떤 냄새가 되어 버렸는지 시계는 거꾸로 돌아가고 사람들은 잠든 채 일을 한다 초록 환자복 입은 사람이 몽둥이를 휘두른다 코는 점점 나를 향해 길어진다 벽에서 입 두 개가 튀어나온다 립스틱을 바른 남자와 구레나룻을 가진 여자로부터 단어들이 쏟아진다 창밖으로 해와 달이 동시에 떠다니고 이유 없이 들려오는 비명 소리, 벽 속으로 걸어긴 사람들은 혀가 없었다고 말한다 커튼 뒤에서 맨드라미꽃이 핀다 벽에서 귀 세 개가 튀어나온다 귀들은 모두 어디에서 왔을까? 식수 대신 진흙을 먹던 아프리카 소년의 없는 말소리, 바람 부는 쪽으로 귀를 던지면 새가 될까? 밀폐된 공간 속에서도 귀는 계속 태어난다 무성의 폭발과 함께 벽에서 눈 다섯 개가 튀어나온다 책장 사이에, 의자 모서리에, 등 뒤에, 무릎 꿇고 얌전히 책상 아래 숨죽이던 사자 꼬리에, 천장의 유리 송곳에 떨어질 듯 말 듯 달라붙는다 눈은 다시 수많은 눈들로 불어나고 눈덩이처럼 커진다 창문을 두드린다 다시, 없는 벽 속으로 없는 얼굴이 도망간다

눈물

꽃잎이 떨어질 때
귀신은 옷을 갈아입는다
바람 뒤에서 자라는 귀
귀로 둘러싸인 담벼락 지나
마을 뒷산으로 사라진
그림자들

머리 잘린 개가 있었네. 머리 잘린 개를 찾아오던 개도 있었네. 몇 달 뒤, **머리 잘린 개**를 닮은 개 두 마리가 태어났네. 어린 개들은 **머리 잘린 개**의 품속에서 머리처럼 자라기 시작했네. 꽃이 떨어지면 바람이 불었고 빗물이 고였네. 어린 개들의 귀가 새조개만큼 커졌을 즈음, 담벼락 밖에서 차에 치인 개를 발견했네. **머리 잘린 개를 찾아오던 개**였네. **머리 잘린 개**의 울부짖음이 들렸고 우리는 **머리 잘린 개를 찾아오던 개**를 앞마당에 묻어 주었네. 봄마다 그림자가 떨어지곤 했네

봄비가 내렸고

나무, 풀잎, 길에서 흘레붙는
산머리에서 흘러내리는
까마귀 소리 속

그림자에서 개 울음소리가 들렸다

스프링나무

감정 없는 나라에서 나는 자란다. 개기월식 때 스프링 새들이 강물을 건너간다는 풍문, 스프링구름 아래 스프링 자전거 타는 피에로를 좀 봐. 채워야 할 여백이 많다는 건 네 심장이 여러 개로 불어난 증거야. 매일매일 스프링심 장이 태어나지. 아무리 스프링으로 빚어도 새가 되진 않 아. 스프링새만 매달려 있지. 스프링이 스프링 위에 쌓이 고 새 문장들이 펼쳐져도 너는 스프링으로 둘러싸인 공간 에서 한낱 스프링일 뿐이지. 물에 젖어도 거울 속 네 얼굴 은 계속 전송되고 있지. 몸에서 금 가는 소리가 날 때 시계 들이 빠져나가지. 생을 기록하던 타이머는 서로 다른 눈 동자처럼 자라다가 심장을 벗어나지. 스프링창문을 벗어 날 순 없지. 스프링으로 가득 찬 방에서 사유하고 기록을 남기지. 스프링처럼 튀어 오른 스프링은 네 눈동자를 빼앗 지. 달 또한 점점 스프링으로 변해 가고 있어. 달방에서 몸 에 색칠하고 나뭇잎을 붙여 봐. 스프링바람이 형식적으로 붙어 있을걸. 어서 그림 속 그림자 지우듯 그림자를 잃어 볼까? 네 내부는 내 외부를 깨뜨리는 것, 스프링꽃에 바람 이 불어 꽃잎이 자라고 스프링새들이 날아오면 나는 그곳 에서도 뿌리를 내릴 테지. 매일 버려지는 시체처럼, 매일 매일 버려지는 거짓 웃음처럼.

귀로 둘러싸인 귀로

너를 무엇이라 부를까

크랙션과 (크랙션)이 끌어안는 소리, (골목길)이 (골목길)에 끌려가는 소리, 하모니카 소리에 코끼리가 들어가는 소리, (넥타이)에 불안이 매달린 소리, 신용카드 단말기에서 구름이 출력되는 소리, 에나멜 구두 굽에 흰 그림자가 밟히는 소리, 빈칸에 빈칸이 합쳐져 울먹이는 소리, ((죽은 개 발바닥)) 복사하는 소리, ……로 가득 찬

너는 내 이름을 부를 수 있을까

네 귀들이 훑고 지나갈 때
홀로그램이 되는 공간

죽은 새가 날고 관상용 화분 아래 지렁이가 꿈틀거리는 테라스, 두 개의 시계 얼굴을 한 사람이 체스를 둔다 대인국 속 작은 걸리버처럼 체스 판에서 이리저리 뛰어다니는 내가 보인다 체스 판을 겨우 빠져나오자 시계 얼굴이 흘러내린다 나는 어떤 소리에 휩쓸린 채 둥둥 떠다닌다 소리와 소리가 간섭하거나 중첩된 자리에 스프링꽃이 핀다

무엇이라 부를까

무엇과 (무엇)이 들리기 전의 너를

즉흥 음악 수업

　(1/6) 이불 속에서 노래를 불렀어요. 나에게 들려주고 싶은 나의 노래, 제목을 몰랐어요. 가사도 생각나지 않았어요. 하지만 노래를 불렀어요. 나를 위한 나의 노래, 노래를 위한 나의 노래. (2/6) 카페에서 소리를 모았어요. 컵이 움직이는 소리, 빨대에서 음료수가 줄어드는 소리, 의자 옮기는 소리, 책장 넘기는 소리, 노트북 자판 소리, …… 사람들 말소리를 뺀 그런 소리들만으로 악보를 만들었어요. 눈물이 났어요. 슬픈 멜로디였나 봐요. (3/6) 테이블 위에 스티커를 붙였어요. 스티커마다 음표를 그려 넣고 손가락으로 눌렀어요. 다행히 노래가 흘러나왔어요. 테이블은 하얗게 변해 갔고 다리가 움직였어요. 관광버스에서 춤추던 어릴 적 엄마가 떠올랐어요. (4/6) 이야기를 오려 붙였어요. 스케치북마다 이야기의 주요 장면에 관한 그림을 그리거나 낙서를 했어요. 그리고 이야기에 어울리는 소리를 내기 위해 캔이나 냄비, 페트병을 두드렸어요. 나는 점점 이야기 속 등장인물이 되어 가는 것 같았어요. (5/6) 색깔이 변하는 방에서 기타를 연주했어요. 색깔이 변할 때마다 투명 벽에서 손이 뻗어 나와 내 물건을 하나씩 훔쳐 갔어요. (6/6) 건즈 앤 로지스의 「패러다이스 시티」를 틀은 뒤 만화를 그렸어요. 벽면 가득 떠오르는 단어

를 썼고 단어와 어울리는 사물, 사물과 어울리는 이야기를 스프링으로 그렸죠. 어느새 공간은 점점 단순화되고 근심 이 사라졌어요. 스프링은 점점 음표로 변해 갔죠.

Jay Coffe

남자: Jay Coffe에 갈래요? 제가 새로 나온 스프링 시리즈 사 드릴게요.

여자: 스프링 시리즈요?

남자: 네. 스프링 시리즈 스프링딸기는 쉐이크인데 정말 시원하고 맛있거든요.

(우리는 약속 없이 만난다.)

여자: 근데 왜 저에게 그걸 사 주시려나요?

남자: 그곳에 가면 사랑에 빠진다고 합니다.

여자: 사, 랑, 그럼 저는 사랑하겠습니다. 아니, 사양하겠습니다.

남자: 스프링처럼 양이 늘어나는 스프링 시리즈인데 아쉽네요. 그럼 Jay's Dessert 딸기티라미수는 어때요? 딸기케이크와 초코딸기케이크가 함께 나옵니다.

(스프링 시리즈에는 스프링망고, 스프링자몽, 스프링메론, 스프링딸기, 스프링체리가 있듯 스프링스마트폰, 스프링카메라, 스프링모니터, 스프링주인공, 스프링눈물, 스프링머니가 있다. 그녀는 스프링들을 무시

한 채 마카롱을 쳐다본다. 치즈마카롱, 티라미수마카롱, 녹차마카롱, 블루베리마카롱, 망고마카롱, 얼그레이마카롱, 초코마카롱, ……. 마카롱 같은 사람이 있다. 마카롱을 먹는 사람이 있다. 마카롱을 주는 사람이 있다.)

여자: 그럼 스프링은 좀 빼 주세요. 스프링이란 말이 무척 부담스럽네요. 대신 썸머로 해 주세요. 썸머딸기로.

남자는 스프링사람들이 주문된 것 같은 2층을 피해 3층 창가에 그녀를 데려간다. 그녀에게 단 한 번도 당선권에 들지 못한 시나리오를 읽어 준다.

남자: 그래 떨어지자. 또 떨어지자. 떨어지는 게 분명하다.

그녀가 함께 나온 딸기케이크와 초코딸기케이크를 테이블 아래로 떨어뜨린다.

(다시 외로움이 시작될 것이다.)

혼잣말: 모두 스프링 시리즈 때문이다.

숨을 곳 찾기

대구 고산도서관에 있던 내가 남성 헤어클럽에서 머리 깎던 내게 동화책을 던진다

거울에서 피가 흐른다

23년 전 재수생이 되어 신림동 포장마차에서 우동 국물에 소주를 마신다

고등학교 시절 안동독서실에 있던 내가 걸어 나와 함께 마신다

파주시 광탄면의 군대에 있던 나는 예천 식혜공장에서 식혜 운반하던 나를 데리고 함께 마신다

마시다가 안동 용상파출소에서 깨어난 내가 경기도 백마부대 영창에서 똥을 누고 있다

내성천이 보인다「추격자」의 하정우처럼 모자 눌러 쓰고「흐르는 강물처럼」의 브래드 피트처럼 낚싯줄 빙글빙글 돌리며 그림자 낚시를 한다

동네 공터에서 똥차 호스 밟은 뒤 도망치던 내가 최루탄 냄새를 피해 도망치고 스타크래프트 저글링들의 공격을 피해 도망친다

어릴 적 재래식 화장실에서 똥을 누면 똥과 바닥 사이 거리가 늘 궁금했다

물고기를 잡지 못한 나와 해운대 아쿠아리움에서 물고기 구경하던 내가 달성군 서재리에서 매운탕을 먹는다

매운탕을 먹으며 죽어 갔던 사람들, 인생은 동사로 이루어져 있다

10년 전 대구의 한 빌딩에서 뛰어내린 친구가 웃으면 21년 전 군대 전봇대에서 뛰어내린 친구가 웃는다

말은 안동 여자, 대구 여자, 경주 여자, 서울 여자에게 고백했다 차이고 고백 안 했다가 또 차인다

24년 전 경대병원에서 폐병으로 죽은 할아버지가 4년 전 안동병원에서 폐병으로 죽은 아버지에게 담배를 끊으라고 말하고 가톨릭병원 아래서 담배 피던 나는 18년 전 위장에 구멍 난 나에게 담배를 끊으라고 말한다

내 동사들은 총알을 피해, 전염병을 피해, 차를 피해, 사람을 피해 카페에 있다

창문은 맥도널드PC방, 모텔당구장치킨집주유소, 문구사족발집노래방GS25, 교회옥탑방 이 있는 주택으로 둘러싸여 있고 그것들을 넘나드는 푸른빛 고양이가 있다

나는 지금 이곳이 아니라 지금 그곳에 존재한다

드라이플라워

나와 (나) 사이 모래 계단을 옮기자 당신이 사라진다
사라진 당신이 떠오를 때

비가 온다

우산 아래
스테이플러로 사이를 집는다
풀로 소리를 붙인다
파우더 팩트로 의문을 바른다
열쇠로 흐느껴 우는 시간을 연다
껌으로 기억과 기억을 이어 붙인다

빗방울은 번식 중

사이는 용수철이다
소리는 고드름이다
의문은 얼룩말 무늬다
시간은 밀폐 용기다
기억은 주사위다

나와 (나) 사이 이름들은 부유하고

변하고
찢어지고
흩어진다

모래 계단을 다시 나와 (나) 사이에 옮기자
사라진 당신은 다시 사라진다

바람은 불어온다

사이와 사이, 사이

나무에 검은 꽃이 피었다 플라스틱 의자 하나에 세 사람이 앉아 있었다 서로의 표정은 서로의 표정을 모른 채이곳을 모른 채 검은 꽃을 쳐다보고 있었다 밥이나 먹을까? 남자 목소리와 여자 목소리가 뒤섞인 채 물었다 대답이 없었다 눈물에서 검은 꽃이 떨어졌다 떠올릴 수 없을만큼 잊혀지지 않는 문장이 있다 세 사람은 서로 사랑했지만, 그림자를 나눌 순 없었다

상자에 들어가기 전 상자에 들어갔다

상자가 또 다른 상자에 나를 그린 그림을 집어넣고 있었다

나는 전생에 얼룩말이었고

얼룩말에 관한 이야기를 들었다

대나무와 대나무가 중첩하는 이야기,

중첩된 대나무가 또 다른 대나무를 중첩하고

겹겹이 대나무의 중첩 뒤편에 비로소 얼룩말이 태어나지

붉고 푸른 젖이 오르는 대나무가 흔들릴 때마다 얼룩말은 울지

얼룩말의 꼬리는 세모 또는 별 모양? 기억의 한 지점에서 얼룩밀은 튀이니의

대나무 사이를 잘도 빠져나가지 얼룩말이 지나간 자리엔 텅 빈 풍경이 화석처럼

남지 그 풍경의 가장자리에 사다리가 놓이고 바람이 머무는 것, 얼룩말이

얼룩말을 데리고 얼룩진 길 올라가면 얼룩말의 새끼가 과육을 맺고 아픈 계절을

완성하지 상처는 바람꽃으로 피고 구름은 푸르거나 태양은 검게 타오르지 하지만

어때, 얼룩말 그림자는 육식성, 사람과 사람 사이 지날 때 사나운 이빨이 토끼를

물어뜯지 얼룩말이 뛰어든

자리에 빨간 모자가 빨간 구덩이를 만들고

불온(不穩)을 실어 나르지 모자와 모자가

중첩되는 뒤편에 다시 대나무가 자라나지

눈물이 났고 대나무 숲에서 내가 사라진 장면이 떠올랐다

입속의 그림자

매미 소리가 난다고 했다

여름이 아닌데 그럴 리가 없다고 하자 매미는 머릿속에
도 산다고 했다

매미가 죽으면 어디에 묻힐까?
며칠 전 친구 시신을 배웅하던 당신은 대답 대신 눈물
을 흘렸다

죽은 사람이 떠오를 때마다 당신은 입에서 빠져나왔다
당신은 나보다 훨씬 커지기도 작아지기도 했다 당신이 멀
리 달아났을 땐 온몸이 매미 소리로 가득해 움직일 수조
차 없었다

봄꽃이 떨어졌고 죽은 친구가 기르던 고양이도 죽었다
나무마다 매미 소리가 쩌렁쩌렁 울렸고 당신은 좀체 모습
을 드러내지 않았다

검은빛 계절이었다

거울로 된 방에 눈이 내릴 때 의자가 놓인다 빨간 꽃
이 핀다 나비가 둥둥 떠다닌다 벽에 달라붙는다 나비 패
턴의 무늬로 가득 찬 저 벽은 나비처럼 날아다닌다 내 이
름을 부른다 눈물은 쏟아질 때 평온해진다 상처가 날 때
마다 스프링이 생겨났다 스프링에서 검은 눈동자가 흘러
내린다, 의자가 놓인다 빨간 꽃이 핀다 나비가 둥둥 떠다
닌다 벽에 달라붙는다 나비 패턴의 무늬로 가득 찬 저 벽
은 나비처럼 날아다닌다 내 이름을 부른다 눈물은 쏟아
질 때 평온해진다 상처가 날 때마다 스프링이 생겨났다
스프링에서 검은 눈동자가 흘러내린다, 의자가 놓인다 빨
간 꽃이 핀다 나비가 둥둥 떠다닌다 벽에 달라붙는다 나
비 패턴의 무늬로 가득 찬 저 벽은 나비처럼 날아다닌다
내 이름을 부른다 눈물은 쏟아질 때 평온해진다 상처가
날 때마다 스프링이 생겨났다 스프링에서 검은 눈동자가
흘러내린다, 의자가 놓인다 빨간 꽃이 핀다 나비가 둥둥
떠다닌다 벽에 달라붙는다 나비 패턴의 무늬로 가득 찬
저 벽은 나비처럼 날아다닌다 내 이름을 부른다 눈물은
쏟아질 때 평온해진다 상처가 날 때마다 스프링이 생겨
났다 스프링에서 검은 눈동자가 흘러내린다, 의자가 놓인
다 빨간 꽃이 핀다 나비가 둥둥 떠다닌다 벽에 달라붙는
다 나비 패턴의 무늬로 가득 찬 저 벽은 나비처럼 날아다
닌다 내 이름을 부른다 눈물은 쏟아질 때 평온해진다 상
처가 날 때마다 스프링이 생겨났다 스프링에서 검은 눈동
자가 흘러내린다, 의자가 놓인다 빨간 꽃이 핀다 나비가
둥둥 떠다닌다 벽에 달라붙는다 나비 패턴의 무늬로 가
득 찬 저 벽은 나비처럼 날아다닌다 내 이름을 부른다 눈

물은 쏟아질 때 평온해진다 상처가 날 때마다 스프링이
생겨났다 스프링에서 검은 눈동자가 흘러내린다, 의자가
놓인다 빨간 꽃이 핀다 나비가 둥둥 떠다닌다 벽에 달라
붙는다 나비 패턴의 무늬로 가득 찬 저 벽은 나비처럼 날
아다닌다 내 이름을 부른다 눈물은 쏟아질 때 평온해진
다 상처가 날 때마다 스프링이 생겨났다 스프링에서 검은
눈동자가 흘러내린다, 의자가 놓인다 빨간 꽃이 핀다 나
비가 둥둥 떠다닌다 벽에 달라붙는다 나비 패턴의 무늬
로 가득 찬 저 벽은 나비처럼 날아다닌다 내 이름을 부른
다 눈물은 쏟아질 때 평온해진다 상처가 날 때마다 스프
링이 생겨났다 스프링에서 검은 눈동자가 흘러내린다, 의
자가 놓인다 빨간 꽃이 핀다 나비가 둥둥 떠다닌다 벽에
달라붙는다 나비 패턴의 무늬로 가득 찬 저 벽은 나비처
럼 날아다닌다 내 이름을 부른다 눈물은 쏟아질 때 평온
해진다 상처가 날 때마다 스프링이 생겨났다 스프링에서
검은 눈동자가 흘러내린다, 의자가 놓인다 빨간 꽃이 핀
다 나비가 둥둥 떠다닌다 벽에 달라붙는다 나비 패턴의
무늬로 가득 찬 저 벽은 나비처럼 날아다닌다 내 이름을
부른다 눈물은 쏟아질 때 평온해진다 상처가 날 때마다
스프링이 생겨났다 스프링에서 검은 눈동자가 흘러내린
다, 의자가 놓인다 빨간 꽃이 핀다 나비가 둥둥 떠다닌다
벽에 달라붙는다 나비 패턴의 무늬로 가득 찬 저 벽은 나
비처럼 날아다닌다 내 이름을 부른다 눈물은 쏟아질 때
평온해진다 상처가 날 때마다 스프링이 생겨났다 스프링
에서 검은 눈동자가 흘러내린다, 의자가 놓인다 빨간 꽃이
핀다 나비가 둥둥 떠다닌다 벽에 달라붙는다 나비 패턴의

멀리 있는 방 A를 위해 만든 방 A´

방 A에서 눈이 내릴 때
방 A´에는 눈물이 내린다

방 A에서 음악이 흐르고 요리가 시작된다
방 A´에는 바람이 불고 짐승의 심장이 꺼내진다

방 A에서 꽃이 피고
방 A´에는 지는 꽃에 그림자를 그려 넣고

방 A에서 춤추는 사람들은
방 A´에는 기도하는 사람들

방 A에서 웃는 인형들
방 A´에는 인형들 눈에서 피가 흘러내리지

방 A에서 랩을 하고
방 A´에는 낡은 턴테이블에서 늘어진 노랫소리

방 A에서 방 A´를 떠올리면
방 A´에는 여러 개의 방 A가 떠다니지

방 A에서 누군가를 기다리는 밤이 계속될 때
방 A′에는 차가운 바닥에 보이지 않는 손들이 자라고

방 A에서 방 a가 자라고
방 A′에는 방 a′, 방 a″, 방 a‴, ……가 자라고

방 A에서 새들이 날아다닐 때
방 A′에는 죽은 새를 날게 하는 새들이 날고

방 A에서 유리창이 깨진다
방 A′에는 깨진 유리창이 깨진 그림자를 만든다

방 A에서 새들이 깨진 유리창 밖으로 날아간다
방 A′에는 깨진 새들이 깨진 유리창에 머문다

방 A에서 얼룩이 떠다닌다
방 A′에는 얼룩으로 둘러싸인 내가 셀카를 찍는다

방 A: "밤이 와요. 기다림의 공간은 아프지만, 사물과

69

사물이 얼룩질 때 우리가 정작 보려 했던 것이 보이죠."

　　방 A′: "얼룩은 얼룩을 낳고 불어난 얼룩은 우리를 얼룩지게 만드네요. 얼룩말이 뛰어다니는 도로에서 파랑새를 본 적 있나요? 얼룩말은 얼룩말이 아니에요. 얼룩얼룩한 공간에서 나 자신을 찾고 싶을 뿐이죠."

　　방 A는 빨강과 초록 사이
　　방 A′는 미시감과 기시감 사이

　　방 A에서 비가 온다
　　방 A′에서 깨진 유리창 속 눈동자들이 우두두 쏟아진다

　　방 그림자에는
　　방 A의 모습만 따로 읽는 사람 A와 방 A′의 모습만 따로 읽는 사람 A′가 있다

제3부 드라이플라워

#1

광장에서 우리는 태어났다

커다란 깃발이 펄럭거리고

검은 계단들이 조금씩 커지는 그곳에서

벌거벗은 몸을 씻고

웅크린 짐승들을 신문지로 싼 뒤 태웠다

연기가 자욱해진 해 질 녘

우리는 할머니의 빈 수레를 뒤졌고

종이가 아닌 종이들로 커다란 연을 만들었다

연은 바람을 태우고 날개를 붙이며 점점 커져 갔다

연이 광장 주변의 건물들을 모두 뒤덮은 후에야

우리는 비로소 걸어 다닐 수 있었다

당신은 우리의 이야기를 비디오로 촬영했고

슬픈 목소리로 그걸 상영하고 싶다고 말했다

광장의 대형 스크린에서 이른 봄꽃이 피고 있었다

-3월

    꽃 피려 해. 그렇군. 꽃 필 때 왜 나를 떠났니? 꽃을 보면 계속 눈물이 흘러내려서. 미안해. 꽃 지는 밤에 볼 걸 그랬나? 괜찮아. 꽃을 보면 슬퍼지니? 응. 꽃에서 울음소리가 들려. 울고 있니? 꽃이 울고 있어. 왜 말도 없이 떠났니? 커피 좀 사올게. 그녀는 건너편 편의점에 들어간다. 돌아오지 않는다. 빗방울이 떨어지기 시작한다. 지난가을부터 붙어 있던 낙엽도 떨어진다. 돌아오지 않는 그녀가 돌아온다. 울고 있니? 꽃 피려 해. 그래. 꽃 보고 있으니 정말 눈물이 나네. 미안해. 우리 그만 헤어지자. 버스 정류장에서 종이 버스가 지나간다. 종이 버스 속으로 그녀가 들어간다. 화사한 빛깔의 봄꽃이 그려진

(새)를 저항하는 새

돌에서 새가 깨어나고 있다

돌에 새겨진 바람들이 깃털로 변해 가고
단단한 것 너머 보이지 않는 소리들이
들리지 않는 풍경 속에서 길이 될 때

새는 존재를 증명하듯
자신의 질료를 부정하듯
굳어 버린 육신을 밀어 올린다

나는 네 말소리보다 네가 머물던 자리에서 망설였던 내
문장을 상상하곤 해

죽어 가던 짐승 냄새,
신은 내게 짐승의 팔과 다리로 자라나라
명령했지만

구겨져 있던 슬픔이
돋아나고 돋아나서
수많은 풀로 둘러싸인 방

공원에서 떠오르는 비석들
무덤과 무덤 사이 내려앉는 새 그림자들

해 저무는 동안
말하지 못한 비명들은 부리가 된다

차갑게 식은 욕조에 눈이 내린다면
슬픔은 더 가벼워질까?

내 혁명은
새가 되는 것
새가 되기 위해 돌이 되는 것
돌이 되어 새의 영혼을 갖는 것

어느새 비석들이 날아가고 있다

원사이드

가을비가 내린다
담벼락에 기대어 담 안쪽의 중력에 대해 생각한다

내가 너에게 한없는 사람이었듯
너는 한없는 다른 사람을 생각하며
담 바깥의 무게를 재어 본다

우리 몸은 담을 뚫고 지나갈 수 있습니까?

그러니까 담 안쪽은 처음부터 담벼락에 기댄
우리가 악기처럼 고독해져야 한다는 것

담을 넘어가는 건 또 다른 담과 마주하는 것

뱀의 눈빛만큼 표독스러운
달이 뜨고
유령이 되어 갈 때

한쪽 슬픔이 밀려온다

겨우 슬픔이 지워지려 했지만
두 번의 이별이 다가왔다
현재의 이별보다 미래의 이별이 더 서글펐다

가을비는 잔인한 여름이 가고
네가 오기만을 애타게 불러 보는 것이다

판다

전단지가 도로로 뛰어든다
붉은 자동차에 실려 간다
멀어지는 글자 상상하면
멀어져 가는 사람이 나타난다

교회와 교회가 마주 보고
허리 디스크 수술 병원이 대형 플래카드 두르고 있는
도로가 건너편,

(버스 정류소에서 판다를 기다리고 있었다)

광대가 춤을 추었어
벨크로 스니커즈를 손에 든
소년들이 맨발로 뒤따르고 있었지

(소년들이 멀어지는 곳에 커다란 바위가 보였다)

아니, 바위처럼 생긴 거대한 유리
그 속은 죽은 물고기로 가득했고
하늘에서 눈이 내리기 시작했어

(버스가 오고 있었다)

버스에는 판다가 없었어
버스는 멈추지 않았지만
버스 차창 밖으로 기린이 불에 탄 목을 내밀었지
그림자들은 그림자를 쏟으며 뛰어내렸어
죽은 물고기들도 헤엄쳐 왔지

행상을 떠난 자들은 묘비가 되어 돌아온다네

판다는 이미 도착했을 수도 있어
누군가 목을 벤 뒤
시커먼 배낭에 토막 낸 판다를 담았는지도

여기 없는 것이 잃은 것은 아니듯
버스 되감기하며 판다를 기다렸지

판다가 아닌 판다를

봄의 바깥

머릿속이 빗물로 가득해진다
빗물로 가득한 방에 붉은 봄이 온다

입술 없는 사람에겐
떨어지는 소리가 간절해질 만큼 아팠다

죽은 꽃들로 가득한 계절에
누군가를 위해 웃어 준다는 건
누군가 대신 운다는 것

당신은 구름을 훔쳐 만든 노래를 들려주고 싶다고 했다

머릿속에 맺히는 것들은 모두 울음이 된다

그 방에서 서랍을 열면
슬픈 물고기가 나오고

그 방에서 창문을 열면
슬픈 기차가 달려온다

그 방에서 라디오를 틀면
벽에서 슬픈 기타 음들이 쏟아진다

비는 계속 내리고
젖으면 젖을수록 슬픈 사물들이 변해 가는 계절

기다려도 돌아보지 않는 밤이 있다

마스크

바깥에 대한 믿음이 없다면
우리는 여러 개의 얼굴을 가지고 싶어 한다

내뱉은 입김을 다시 삼킬 때 생겨나는 단어들
단어와 단어가 은빛 비늘처럼 모여 물고기가 된다

물 위에 둥둥 떠다니는
검은 그림자들

귓속말은 물 밖의 내가
물속 나에게 보내는 손짓

점점 가라앉는 문장들

우리가 가진 불안을 눈빛만으로 표현할 수 있습니까?
죽은 자의 슬픔을 죽은 자 대신 슬퍼할 수 있습니까?

　말하지 못한 순간을 기억해 줘 그래야 말할 수 있을 것
같아

사라진 입들이 공중에 가득하다
갈색 하늘의 검은 구름들이 태양을 가린다
노란 비가 내리기 시작한다

물 안팎의 경계가 사라지고 있다

열한 번째 손가락

들을 수 있는 것
은밀한 곳을 상상하는 시간
스프링처럼 늘어났다 다시 늘어난다

구름과 함께 떠돌던 새가 비가 되어 내릴 때 우리도 흘러내려요 팔과 다리가 섞이고 유리와 신발이 얼굴 하나를 더 낳죠 눈동자를 강물에 던지면 비로소 떠오르는 비밀들

일렉기타 소리,
스크린 도어가 열리고
아득히 멀어지는 어둠, 어둠 속 검은 새
머그잔 옆 토스트 옆 딸기 잼 옆 미니어처 옆 블루투스 옆

당신의 그림자는 어느새 심장을 꺼내 놓는다

어릴 적, 아버지는 내게 민물고기 배를 가르게 했죠 죽은 물고기들을 헹구는 동안 냇물은 붉게 변해 갔구요 내 조그만 손에서 지느러미가 돋아났어요

피아노에서 잘린 음표가 자판 위에서 글자로 변한다

죽은 물고기가 칼 위에 떨어지는

유
리
창

불투명 바람

1

트랙 위를 달리던 우리는 멈춘 채 하늘을 바라본다
구두와 포크, 머그잔들이 날고
열쇠, 돌멩이 그리고 눈물이 날아온다
바닥이 흔들리고 나무에서 비가 내린다
검은 의자에서 푸른 생각을 하고
붉은 모자를 쓴 당신은 인형을 든 인형
이유 없이 코가 길어지는 시간,
그늘은 검은 연기로 변해 가고
원고지처럼 채워지는 공간들
피 흘려도 아프지 않은 건 사물에 대한 예의
깨진 소리가 모여 없는 소리를 낼 때
어떤 블라인드에서 우리를 흔드는 날개가 자란다
사다리에서 사다리가 내리고
우리는 우리 사이를 모른다

2

우리는 우리 사이를 모른다

사다리에서 사다리가 내리고
어떤 블라인드에서 우리를 흔드는 날개가 자란다
깨진 소리가 모여 없는 소리를 낼 때
피 흘려도 아프지 않은 건 사물에 대한 예의
원고지처럼 채워지는 공간들
그늘은 검은 연기로 변해 가고
이유 없이 코가 길어지는 시간,
붉은 모자를 쓴 당신은 인형을 든 인형
검은 의자에서 푸른 생각을 하고
바닥이 흔들리고 나무에서 비가 내린다
열쇠, 돌멩이 그리고 눈물이 날아온다
구두와 포크, 머그잔들이 날고
트랙 위를 달리던 우리는 멈춘 채 하늘을 바라본다

툴

　베이킹 베이킹, 곰돌이 춤을 춰요 몸은 굳은 채, 표정은
밝게, 당신 손을 기다리죠 나는 당신이 채워야 할 시간을
가늠해요 바람이나 구름이 당신 기분을 대신할 수 없듯 당
신의 짧은 발화 순간도 내겐 아주 특별하죠

　목소리에 목소리가 더해져 구멍이, 구멍에 피를 채워
야 원하는 맛이 됩니다 가끔씩 갈매기들이 날아와 밤바
다의 숨결을 떨어뜨려 주면 더 깊은 맛이 되죠 나는 비밀
결사 조직원인 양 눈을 피해 눈동자를 피해 당신의 암호
를 타전합니다

　가끔씩 사라진 아이로부터 밀서가 전해지기도 해요

　"내가 만지던 반죽은 뼈였어요. 그건 엄마가 정해 준 이
름이 아니라 내가 살리고 싶던 짐승이었어요. 발톱이 떠
올랐고 물로 발을 붙여 걷게 하고 싶었죠."

　몸속으로
　손이 지나가요
　새가 지나가요

88

시체가 지나가요

시체를 쪼던 새가 지나가요

몸속에서 눈이 내리고 검은 밤이 와요

베이킹 베이킹, 곰돌이 춤을 춰요 몸은 굳은 채, 표정
은 밝게

곰팡이

물고기들이 붉은 색채 실어 나르고
구름에서 날개들이 떨어질 때

회전하는 접시들

우리 몸은 거꾸로 자랄 수 있습니까?

마음을 말고
머리를 말고
말린 입을 펼쳐 눈물을 흘리면

토막 난 야채에서
죽은 짐승 뼈가 자랄 수 있을까요?

비밀이 쌓인다
꽃은 시들고
눅눅해진 혓바닥들이 돋아나고

말하지 못한 나는
말하지 못한 것보다

말할 수 없는 내가 슬프다

푸른 피가 난다
흰 피가 흐른다
노란 피가 고인다

여러 개의 눈에서 흐르는 피는
피일까요? 눈물일까요?

몸에서 초인종이 울리면
없는 나로부터 갇힌다
닫힌 창문에 바람을 불어넣으면
숲에서 가져온 새의 심장이 새 울음소릴 낸다

13월의 금요일

1

닿을 수 없는 누군가로부터 편지가 왔다

오지 않은 시간들이 풍경이 될까 봐
담쟁이넝쿨이 아름다워지지 않기를 바랐다

슬픔이 살지 않는 곳이 있을까?
언젠가 자랄지 모를 종양처럼

벽돌 건물 너머 겨울나무가 걸어오고 있었다

2

뛰어내린 친구와
뛰어내릴 곳을 향해 올라가던 친구가
다리 위에서 함께 내려다본다

물그림자와 우린 데칼코마니가 된다
처음부터 물에서 태어난 듯

썼다 지우고
지웠다 쓸 수 있는 생이 있다면
확신할 수 있을까?

내가 겨울나무를 기다리는 방법은

아득하게 붉어지는 수평선을 마주하며
저녁이면 돌아오는 눈물을
한없이 닦아 주는 일

죽은 사람들과 죽을 사람들과 죽는 사람들이 모여
아득한 풍경이 되어 간다

백지

그해 겨울

영창에서 머리를 깎고 있었다 헌병들이 지켜보는 가운데 머리를 깎고 있었다 머리를 깎이는 사람이 누군지도 모른 채 머리를 깎고 있었다 문밖 철책으로 둘러싸인 작은 연병장과 쌓인 눈을 보면서 머리를 깎고 있었다 바리캉 소리로 가득한 영창에서 머리를 깎는 법도 모른 채 머리를 깎고 있었다 창살에 갇힌 군인들이 힐끗힐끗 쳐다볼 때마다 어머니 생각하며 머리를 깎고 있었다 저녁이 되면 모든 게 창살 속으로 되돌아갈 테지만 얼음 조각하는 듯 머리를 깎고 있었다 어떤 군인은 포승줄로 묶인 채 머리를 깎고 있었다 머리를 다 깎았는데 다시 머리를 깎고 있었다 머리를 깎은 군인은 창살 안으로 들어가 데스마스크처럼 놓였다 눈물이 흘러내렸다 다음 날도 머리를 깎고 있었다 그다음 다음 날은 마침 대통령 선거일이었고 제3투표소에서 포승줄에 묶인 채 투표를 했다 아니 머리를 깎고 있었다 영창에 돌아와 보니 다른 깎새가 나 대신 머리를 깎고 있었다 어느새 내 머리를 깎고 있었다 깎새도 새였다 머리가 깎이는 동안 깎새한테 날개 파닥거리는 소리가 났다 머리를 깎고 있었다

날아다니는 나무를 추종하는 자가
수거해 간 구름의 흔적들

#클라우드 11월

아이들은 골목길 나무 그림자에 의해 태어났다
나무 그림자에서 바람이 불면
집집마다 아이 울음소리가 들렸다
잎사귀들이 새로 변해 날아가거나
담벼락 위에 있던 고양이들이
방죽을 건너 숲속으로 사라지기도 했다

담과 담 사이에서 빈 병을 줍다가
엽총 소리가 들리면 우리는
구름에 구멍이 나서 비가 내린다고 생각했다
구멍 난 채 떠도는 사람들도 많았으니까

저녁이 되어 돌아오는 붉은 깃발 아래
동네 아이들은 숨바꼭질을 하고
골목과 골목이 만나는 사거리에서
불안을 실어 나르는 리어카들

골목 끝자락에 혼자 사는 무당 할머니 집은

늘 사람들로 붐볐다
무당 할머니는 날아다닌다는 소문이 무성했다

골목길을 뛰어다니며 연을 날렸다
연 꼬리를 따라 골목길이 날아다녔다
나무들도 날아다녔다

#클라우드 7월

　반은 밤이고 반은 낮인 장소가 있었네 자동차는 뒤로
가고 나무엔 쥐들이 바글거렸지 우리는 사이먼 앤 가펑클
의 히트곡들을 읊조렸네 바퀴는 바퀴벌레 위를 지나가고
낮의 바람이 밤의 나뭇잎들 흔들 때 죽은 고양이들이 울
었네 그림자놀이에 지친 아이들이 불장난한 뒤 골목 담벼
락 위를 걸어가는 그곳에 우리를 베끼는 우리가 있었네

삼겹살이 비워지고
소주잔이 구워지고
몰래 카드놀이 하다 잠이 드는 이웃들

거꾸로 매달린 의자들이 즐비한 옥상에서 누군가 신발들을 떨어뜨리고 있었네 그저 윤곽들로만 채워진 하늘 아래,

미농지처럼 말이야

#클라우드 4월

반쪽은 사람 얼굴, 반쪽은 고양이 얼굴을 한 귀신이 있었다 골목마다 아이들은 손톱을 검은 사인펜으로 칠한 뒤 달리기 연습을 했고 은폐 기술을 익혔다 우리는 고양이만 보면 돌을 던졌고 고양이들은 우리를 피해 높은 곳으로 도망갔다 전봇대 아래 죽은 고양이들이 종종 발견되었다 전봇대 꼭대기에서 고양이가 새로 변해 날아가기도 했다 밤마다 동네 할머니들은 손자, 손녀를 지키기 위해 들마루에 둘러앉아 귀신을 기다렸다 끝내 나타나지 않았다

#클라우드 9월

목마름이란 바람 불지 않아도

뱀처럼 자신을 은폐하며
꽃 향해 나아가는 것
밀려왔다 밀려가는 나무의 반복
모래에는 뱀 혓바닥이 숨어 있다

#클라우드 5월

골목 속의 골목 속에서 구름으로 무기를 만들었어 구름
을 자르고 구름을 붙이는 동안 구름은 틈만 나면 달아나
려 했어 구름에 못을 박을 때면 피가 흘러내리기도 했지
우리가 흘린 피는 우리만의 고통과 번뇌였기에 원망스럽
지 않았어 몇몇 구름 조각들은 공중에 둥둥 떠다니다 얼
룩이 되어 담벼락에 새겨졌지 우리가 가진 연장들은 슬픔
을 다루는 데 최적화되었기에 간혹 장의사 아저씨에게 빌
려 주기도 했어

#클라우드 6월

그런데 그 누군가 거기에 서 있을 것만 같았다 그곳에만
흐르는 별들과 그곳을 떠나가는 사람들 웃음소리, 그 어떤

무엇이 우리 가슴을 치고 또 치는지 이별 전에 이별하는
방식으로 노래하는 그것, 그 무엇인가의 그림자를 좇아 새
벽을 기다리는 일, 얼굴을 씻고 하얗게 변해 가는 달과 물
속을 헤엄치는 새들의 상상, 그 무언가가 되기 위한 바람
은 때론 조등처럼, 때론 전봇대에 겨우 달라붙어 너덜거리
는 전단지처럼 어둠을 밀어내고 그 무엇처럼 빛나곤 했다

담벼락에 나무가 날아와 점점 커진다
유리창이 깨진다
유리창에서
죽은 새의 피가 흘러내린다
소녀가 울고 있다

여름에 내리는 눈은 의자와 의자 사이에 내린다

몸에 얼굴이 있어
눈물로 젖으면
물에서 얼굴이 자란다
별들이 얼굴에 내려앉는다

#클라우드 10월

그 골목은 시장을 지나 미군 부대 철조망 담벼락을 지나 단칸방 자취방에 머무른다 흑인 소년들이 놀이터에서 담배를 피운다

날아다니는 나무를 본 적 있니?
응, 나는 피터 팬들이 사는 나라에서 왔어 그곳에는 모든 게 날아다니지

나도 담배를 피웠다 그림자가 길어졌다 철조망을 뛰어넘고 싶었다 나무가 날고 있었다

비가 오면 골목은 술에 취한 듯 비틀거렸다

#클라우드 8월

담벼락 너머로 꽃을 던졌다 편지를 던졌다 팔을 던졌다 귀를 던졌다 심장을 던졌다 그녀의 집 대문은 사라졌고 나는 점점 짐승이 되어 갔다 밤이 되면 그녀 집에는 눈이 내

렸고 골목은 열대야가 지속되었다 그때 내가 할 수 있었던 건 골목이 기다리는 걸 기다리는 일, 어느 날 멀리서 돌아온 그녀가 등 뒤에서 불렀다 포카리스웨트를 건네받았다

#클라우드 2월

결국, 아버지만 그 골목에서 빠져나오지 못했다

제4부 그림자놀이

#9

폭설이 내렸다 집회를 하던 군중들은
점점 귀가 얼어붙고 있었다
얼어붙은 귀는 점점 커졌다
당신은 여전히 우리의 이야기들을 비디오로 촬영했고
슬픈 목소리로 상영하고 있었다
우리는 말하려 해도 말할 수 없을 때
밤의 소리들을 떠올렸다
군중들은 밤이 오기를 기다렸다
불안감이 커지는 건
그림자가 더 길어진다는 것
멀리서 들려오는 총성
당신은 소리 내어 울었고
우리는 구호를 외치며 잠이 들기 시작했다
얼어붙은 귀가 몸보다 더 커져 있었다

리포토그래피 1
—라인

죽은 새 한 마리를 주운 뒤
붉은색 팀 조끼를 입었다
피구 공이 스쳐 지나갔지만
죽지 않았다

어느 계절인지 알 수 없는 계절
아무도 없었다
단지 라인을 밟으면
죽은 새가 울었다

라인을 바라보는 동안
모래바람이 불어왔고
우리는 피구 공을 찢어
죽은 새를 집어넣었다

스프링클러가 작동될 때마다
무지개에서 피가 흘러내렸고
그림자들이 생겨났다

그림자가 스톱워치를 누르는 순간

무서워서 나는
운동장을 마구마구 뛰었다

어느새 피구 공이 거꾸로 날고 있었다

리포토그래피 2

—셀프주유소

차를 멈추자 소형 폭탄이 폭발했다 다행히 트렁크에 실
린 기타들은 파손되지 않았다 주유소는 불타고 있었고 나
는 서둘러 호스를 찾았다 하지만 지갑이 보이지 않았다 트
렁크에 있던 기타 하나를 꺼내 지폐 투입구에 밀어 넣었
다 이상하게도 기타가 주유기 속으로 사라졌다 호스에서
기름이 분출되지 않았지만 리터기는 작동했다 나는 얼른
차에 탑승한 뒤 악셀레이터를 밟았다 차는 움직이지 않았
고 트렁크에서 기타만 연주되었다 어쩌면 이곳이 주유소
가 아닐지도 모른다는 생각에 눈을 감았다 눈이 내리고
있었다 갑자기 눈물이 났다 멀리서 강물 위에 떠내려가는
기타가 보였다 기타가 강물을 흐르게 하는 것 같았다 고
층 건물과 자동차들이 마구 뛰어내렸다 사물과 사물의 관
계가 뒤바뀌어질 때 사물은 조금씩 밤이 되고 있었다 도
시의 흔한 풍경처럼

리포토그래피 3
—마켓으로 간 돼지, 캐릭터 그리고 주전자

그해 여름, 우리는 하루에 수백 구의 시체를 실어
날랐으며 입에서는 우산이끼가 자랐다

내가 어떤 누구인지 궁금할 뿐이다

핏방울 뚝뚝 흘리며
파괴된 건물 주변에서 버스킹 연주를 한다
난민들은 사막여우처럼 기웃거리다
폭파 소리에 몸을 숨긴다

곳곳에서 돼지 썩는 냄새가 코를 자극한다
잘 포장된 이 세계의 구획들이 하나 둘 무너지기 시작한 건
돌연변이 이끼 때문이다
우리는 이끼를 묻지 못했다

웅덩이에 손을 넣어 본다
커다란 미역 줄기가 잡힌다
누군가의 머리다
더운 날씨에 눈이 내리기 시작한다

며칠째 끓인 물을 먹지 못해 온몸에 검은 반점이 퍼졌다
        비상식량 대신 과자 이름이 떠올랐다
        과자 이름에서 바퀴벌레가 녹아내렸다

우리는 점점 캐릭터에 가까워지고 있다
눈에 띌 만큼 우스꽝스러워 보일지 모르지만
캐릭터에 순응해 가는 중이다
귀보다 큰 눈에, 머리가 몸보다 큰 사람들이
늘고 있다

우리는 누구입니까?
네가 질문할 때마다
그들은 아주 오래전을 떠올리며 행복해했고
나는 전생을 떠올렸다

다리보다 팔이 긴 생명체를 창조한 건 인간이다

    버려진 멜빵, 주전자, 90년대식 라디오가 검은 강물
        위에 떠내려가고 있었다 눈이 떠지지가 않았다

균열된 시공간에서의 마임

—마인크래프트

눈보라가 몰아쳤다 얼음 조각이 내 얼굴을 스크래치했
고 멀리서 마차 소리가 들려왔다 순록들이 뒷걸음질 치는
동안 나는 두 눈을 감고 어떤 방을 떠올렸다

벽 속에 꼬마 병정들이라도 숨어 있는 거니? 통로 저 끝
에서 쥐들의 목소리가 들려왔어 지하 난관 아래로 더 내
려가 보기로 했지 막다른 벽에서 또 다른 벽이 열리고 북
어 대가리가 보였어 내 이빨 자국을 발견했지 거친 폐병
소리를 토해 냈지만 커다란 입이 좋았어 다락방에서 몰래
길렀던 도마뱀 꼬리도 찾았지 너무 반가웠어 하지만 망치
로 두드리는 순간 모래로 변해 버렸지 기억이 조금씩 변
할 때마다 현재의 내 공간도 변해 갔어 거꾸로 놓인 얼굴,
구부러진 팔, 불타는 인형은 소품에 불과했지

춤추듯 마임을 했다
때론 나방처럼
때론 물결처럼

나는 내 머릿속을 찾아 헤맸다

붉은 그림자를 발견하면 눈동자는 벽 속에 숨어 있을
지 모르지 울음이 울음을 불러와 최초의 말을 기억할지
모르지

머리가 공중에서
점점 커진다면
날고 있다고 말할 수 있을까?

눈보라 속 하늘 향해 마차가, 순록들이 솟구쳐 올랐다

그림자놀이
—너에게 있는 a, b, c

지금부터 친구들 a, b, c 세 명이 쓴 모자에 대해 이야기할게. 각각은 이미 그 방에 들어가 있지. 내가 들어갔다 나올 때마다 모자의 색깔은 바뀌었어. 지금부터 방에 함께 들어가 보도록 할게.

a는 빨강 모자를 쓰고 포스트잇에 지빠귀의 종류를 적고 있지. a는 머리가 없어. 긴 팔이 지느러미처럼 몸에 착 달라붙어 있지. 없는 창문에서 바람 소리가 났어. a는 너를 향해 죽은 친구 이름을 말했지. 놀라지 마. 너는 그림자야. 초록 모자를 얼른 써. 그리고 a에게 지빠귀의 한 종류를 말해 줘. 좋아 잘했어! 너는 처음부터 a가 모자 색깔에 따라 변한다는 사실을 알고 있었는지도 모르지. 뒤돌아보지 말고 어서 복도로 나가 줘. a의 눈동자가 점점 커지고 있어.

b는 파랑 모자를 쓰고 있어 잘 보이지. 너에게 아마 제일 착한 친구로 기억되고 있을 거야. 붕어빵을 좋아했지. 붕어빵이라고 한번 불러 보렴. 네 목소리가 안 들릴 거야. 귀를 잘라 버렸거든. 지금도 계속 피가 흘러내리지. 똑같은 나무 인형만 만들고 있는데 모두 귀 없는 사내아이지.

주황 모자를 써 봐. 널 알아볼 거야. 얼른 피해. b는 앞으로 계속 눈물을 흘릴지 몰라. 모자를 벗고 천천히 다른 방문을 열고 들어가 봐.

c는 노랑 모자를 썼어. 벽에 기대어 나이프로 손등을 마구 내리찍고 있지. 또 왼쪽 벽면 거울을 쳐다보면 그런 c를 몰래 훔쳐보는 아이의 눈동자가 보일 거야. 그 아이가 어떤 모자를 쓰고 있는지 알 순 없어. 만약 거울을 깬다면 너 또한 사라질 거야. 천장에는 죽은 생선이 매달린 채 네 이름을 부르고 있어. 보랏빛풍선보랏빛인형보랏빛지퍼보랏빛서랍보랏빛슬리퍼보랏빛손수건……. 너는 얼른 보라 모자를 써야겠지.

a, b, c 모두 그림자가 없었어. 다시 그 방에 들어간다면 그들이 쓰고 있던 모자는 모두 달라져 있을 거야. 너는 그들이 기억하는 최초의 그림자야.

은하약국 999호

약사가 의심스런 눈초리로 권기덕 할아버지와 권기덕을 불렀네. 권기덕 할아버지와 권기덕은 처방전을 확인했네. 권기덕 할아버지는 글씨가 잘 안 보인다며 약사에게 읽어 달라고 했네. 권기덕이 대신 읽어 주었네. 권기덕 할아버지가 권기덕에게 반갑다고 말했네. 권기덕은 목이 많이 부어 있어 고개만 끄덕거렸네. 권기덕 할아버지는 권기덕에게 자신은 몽상가이며 우주를 활보하다 자신의 존재를 지우기 위해 호수에 들어갔고 감기 몸살이 걸렸다고 했네. 그리고 사냥개가 자신을 계속 따라왔다고 말했네. 다음에는 절대 자신을 만나면 안 된다고 권기덕에게 당부했네. 권기덕은 이 행성에서 절망을 쓰다듬을 수 있는 건 상대적인 시간밖에 없다고 대답했네. 권기덕 할아버지와 권기덕이 다시 불렸네. 둘 다 똑같이 처방된 항생제를 살피며 약사를 쳐다보았네. 약사가 자신을 못 믿느냐며 화를 내었네. 사냥개 소리가 들렸네. 약국 유리문을 열자 깜깜한 우주였네. 유리 건물들이 솟구치고 있었네. 약국 앞에서 사라지는 권기덕 할아버지 뒷모습을 권기덕은 한참 동안 바라보았네.

춤추는 부조


```
            휘어
         서        지는 글
      에                 자
    면                      들
벽                    이
                        자
바                      라
  람                          기 시작했다 식
    은 눈동                        물
여        자                  처           리
  인 의        가              럼      거    는
        울        되              꿈 틀      선
기    음소리      어  흘러                      율
  억        가 들          내린다                  들
  들            려
벽은그물벽지와곡선온갖문자들로채워진다선들이조여온다눈물로가득하다
    굳              다
      어            죽은 아이 목소
        져                    리
        긴                      가
        파                        뒤섞
          이                        인
            프                        채
          모
            양                    흐
              이                    른
                되                    다
                었
                  다
```

부조의 진화

소통 불가능 세계에서 움직이는 것들은 벽이 된다

벽 하나가 자리에 앉고
벽 넷이 유리문 뒤로 사라진다
마주 보는 벽과 벽 사이 벽이 될 때
돋는 날개들
벽에서 튀어나오는 벽돌들

움직이는 벽이 걸어간다 앞의 벽이 뒤의 벽을 밀어내고
뒤의 벽은 옆의 벽과 부딪치고 다시 일어난 벽이 움직이
고 밀려나 건물로 들어간 벽, 들로 가득한 밤, 불안이 하
나, 둘씩 밀려온다

벽과 벽이 벌어질 때 벽은 더 단단해진다
오랫동안 머무르는 벽
벽지와 벽지가 만든 추상화

대화다운 대화가 우리 사이에 필요합니다

벽돌이 툭, 떨어질 때 탄생하는 이름 모를 구름들, 당신

의 아름다움을 말하고 싶었으나 짐승 털이 온몸을 뒤덮었
다 우리는 우리를 부정한 채 가능성만 떠올렸다

　(너를) 만지고 싶어 (너를) 할퀴고 싶어 너를 그리고
싶어 (너를) 가지고 싶어 (너를) 던지고 싶어 너를 만들
고 싶어 (너를) 부수고 싶어 너를 껴안고 싶어 너를 풀어
주고 싶어 너를 감추고 싶어 너를 주고 싶어 (너를) 방해
하고 싶어 너를 노래하고 싶어 (너를) 밀고 싶어 (너를)
말하고 싶어 너를 사랑하고 싶어……

　새벽이 되자 벽들은 점점 꼬리 내리며 사라지기 시작
한다
　벽에 여러 개의 벽이 두고 간 그림자가 벽돌처럼 자라
고 있다

　어떤 부조는 발톱으로부터 시작된다

어느 구름의 흡입력

물
고   시
기   리
          아   알
          내   카
          전   디   에
                  아   다
                  스
                  포
          A   라   낙
          I   타
                              신
                              용
지   불
진   량

야채 크래커 먹으며 더위를 잊는다 야채 크래커를 먹는 동안 비가 내리고 죽은 사람들이 떠오른다 죽은 사람에게 야채 크래커를 건네주면 야채 크래커는 야채처럼 아삭거 릴까? 냉장고를 연다 야채가 사라진다 떠다니는 단어는

증발하는 그림자, 단지 내가 잡을 수 없는 것들,

신발이 증발한다
바닥이 증발한다
마을이 증발한다
도시가 증발한다

우리는 점점 괴물이 되어 간다

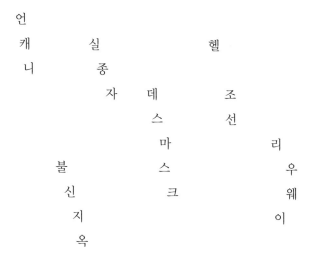

언
캐   실   헬
니   종
            자   데   조
                  스   선
                  마   리
불   스   우
신   크   웨
지   이
옥

바닥 아래 바닥이 증발한다
바닥 아래 바닥에서 들려오는 가위질 소리,
끊임없이 또 다른 바닥이 생겨나고

그해 여름, 구름은 탈진된 모든 것을 빼앗아 갔다 나는 붙잡을 수 없는 질문을 붙잡고 야채 크래커만 먹었다 먹다가 지쳐 젖은 옷을 입었을 때 유령들 목소리가 들렸다 발이 둥둥 떠다녔다

단지, 검정 피부의 토르소만 쉴 새 없이 창문에서 뛰어내렸다

거　　　하
울　　　이
　　힐　　호
　　　　루　　　　　폴
　　　　라　　　　　리
　　　　기　　　　　스
　　　　　　　라　　　　　점
　　　　　　　인

120

거

다

스   이   농
크   빙   성
린   벨   에
도   꽃
어   용   이
                       광   내
                       로   리
                                   고

너와나어디론가도망가자구름을피해바다을피해어딘가
숨지않아도숨을수있는곳들리지않고만질수없어도변하는
것흘러내리는것섞이는것나는어느새그림자가되었고비가
되었고비가내렸고

창문도 함께 뛰어내려요 우리는 지금 추락하는 게 아
니라 다시 태어나는 겁니다 아니 상상하는 겁니다 오늘
이 지나면 어떻게 될지 우리조차도 우리 정체를 눈치채
지 못할 테니까요 천장이 내려와요 죽은 줄도 모른 채 바

닭이 올라가요

　사라졌다 움직이는 것들
　움직이며 사라지는 것들

　하늘에서 야채가 내린다

내부의 저녁

꽃무늬 만들고 있는 핏방울들
커다란 꽃잎이 점점 커지며 나비 잡아먹고
없는 사람을 기다린다

바닥은 가라앉고 바닥은 흘러내린다 바닥은 출렁거리
고 바닥은 집어삼킨다 바닥은 바닥 드러내지 않고 빛을
기다린다

둥근 탁자 그림자에 쌓인 혓바닥들

붉은 여우의 심장이 놓여 있는 검은 수납장

바닥은 점점 기울어져 간다 꽃잎에서 무시무시한 이빨
이 자라고 커다란 귀가 커진다 바닥에 묶인 사람들이 서쪽
하늘 쳐다본다 사람들 발목은 소리 없이 잘린다

잘린 사람들이 걸어간다
검은 눈이 내린다

너무 차가운 슬픔은 저녁이 되지 못하지

달 없는 골목에서
불안으로 뒤죽박죽된 계절들

푸른 눈물 흘리며
죽은 아이의 아버지를 떠올리는 동안

바닥은 점점 벽과 천장을 타고 뛰어내렸다

-3일 간 맨홀 위에 허무를 쌓는 자들의 기록

눈 속에 눈을 본다 눈이 없는 토끼가 눈물을 흘리며
비어 있는 눈을 들여다본다
눈 속에 빈칸이 있음을 아는 이가 얼마나 될까
우리는 우리가 모를 때만 슬펐다

#-1일차

어둠 속에서 고백한다는 건 여러 겹의 얼굴을 지우는
일이다 어둠에서 눈물이 흐르고 어둠에서 무덤이 자랄 때
부드러운 물줄기가 우리 사이를 흐를 것, 저 도로의 거대
한 어둠을 지나칠 수 있음을 안다 하지만 우리는 맨홀 위
에 나무를 심고 흙을 쌓아 올려 우주의 별빛을 가져와야
한다 나무 인형 탑을 쌓으면 죽은 자들이 마차를 타고 온
다 나무 인형이 자란다 나무 인형이 부러진다 나무 인형
이 웃는다 나무에서 맨홀이 자란다

#-2일차

그림자 하나를 쌓자 그림자 둘이 쌓인다 그림자 셋을 쌓
자 그림자 다섯이 달라붙는다 불어난 그림자들이 쌓이고

또 쌓이고 찢어진 그림자들은 찢어진 채 맨홀에 달라붙는다 나는 미친 듯이 사물들의 그림자를 뜯어 맨홀에 붙이고 그림자 괴물이 되어 가고 그림자를 잃은 것들은 무너져 내린다 지나가던 철새들이 방향을 바꾸고 바닥이 이동하는 그곳에서 그림자의 그림자를 찾는 거울이 있다 어느새 맨홀은 쌓인 그림자들의 머리가 된다

#-3일차

물을 쌓는다 물고기를 쌓는다 멀리서 울음소리가 들려온다 지상의 모든 사물들이 물빛으로 변해 간다 물속에서 깊은 울림이 있을 때 비밀들은 더 멀리 퍼진다 구름이 몰려온다 물고기들은 도로 위를 날아다닌다 날아다니다 맨홀 위에 다시 쌓인다 "도로가 흘러내리고 있어요." 퀵서비스맨이 미끄러진다 거품이 생기고 물결이 일어나는 동안, 죽은 새들이 바닥 저 깊은 곳에서 날아오를 것

우리는 어둠의 증인 앞에 몸을 드러내고, 두 팔을 고문당할 것이다

● 우리는 어둠의 증인 앞에 몸을 드러내고, 두 팔을 고문당할 것이다:
폴 발레리의 시 「젊은 파르크」 중에서 빌려 씀.

광장에 죽은 비둘기들을 쌓아 기울어진 펜스를 설치한 자들의 변명

광장의 인형 뽑기 상점 향해
복면 쓴 자들이 가짜 총을 들고 잠입했다
쿠키를 먹던 아이들의 손에서 모래가 흘러내렸다

볼 수 있으나 보이지 않는 방식으로
죽은 비둘기들이 바닥에 쌓여 갈 때
우리는 녹슨 운동기구에 낙서를 한다

말라 버린 분수와 기울어진 펜스를 설치하는 건
죽음을 은폐하고자 했던 습관으로부터
죽음을 되돌리기 위한 것

기울어진 펜스가 공공을 위해 필요합니까?

광장에 모인 사람들은 투표를 했다
물론 반대 의견도 있었다

바닥을 위해 만든 바닥에서 꽃이 피고 그림자들이 쌓여
바닥이 사라진다면 죽음도 미학이 될 수 있지 않을까요?

사람들은 삽을 들고 죽은 비둘기들을 쌓아 올리기 시
작했다
　펜스가 만들어질 때마다 새 울음소리가 들렸다

　펜스는 바람이 불 때마다
　휘청거렸고
　유연하게 왼쪽과 오른쪽의 경계를 만들었다

　왼쪽에는 비가 내렸고
　오른쪽에는 눈이 내렸다

　사람들은 기울어진 펜스를 따라
　기울어져 걷거나
　뒤로 걸었다

　밤이 오면
　펜스는 사라졌고
　검은 비둘기들로 가득해졌다
　우리는 광장에서 길을 잃었고

복면 쓴 자들이 가짜 총을 들고
다시
광장의 인형 뽑기 상점을 향해 잠입했다

광장은 점점 공공을 위한 사람들로 늘어났다

모른 채 변해 가는 장소들은 우리를 과장되게 만든다

열차 안, **구두가 번식한다**   넥타이가 번식한다 스마트폰이 번식한다   종이컵이 번식한다   **창문이 번식한다** 나무가 번식한다   **전봇대가 번식한다** 거리가 번식한다 *새가 번식한다* 건물이 번식한다 글자가 번식한다   시간이 번식한다 움직임이 번식한다   **말이 번식한다** 웃음이 번식한다 눈물이 번식한다   표정이 번식한다   생각이 번식한다사람이 번식한다 꿈이 번식한다

우리는 선반 위에 죽은 고양이를 올려놓고 우리가 변해 가기를 기다린다

번식을 위해 열차는 달리고 **번식을 위해 역마다 멈춘다** 번식을 위해 티켓 확인을 하고 번식을 위해 간식을 사 먹는다   번식을 위해 승무원에게 말을 걸고 번식을 위해 대화를 엿듣는다 **번식을 위해 풍경이 달리고** 번식을   위해   새들이   날아간다   번식을 위해 음악을 듣고   **번식을 위해 잠을 잔다**

우리 몸은 이미 우리 것이 아니라 우리를 둘러싼 이미지의 것이다

우리는 비어 있다
우리는 번식된 것들이 만든 콜라주

구두가 달라붙고   웃음이 달라붙고   나무가
달라붙고 **대화가 달라붙는다** 우리는 변해 간다   열차는 점점 빨리
달리고

얼음과 물, 구름이 공존하는 곳을 지나고 있었다 슬프
지 않아 슬펐고 기쁘지 않아 기뻤다 우리를 오려 붙이고
우리를 버리는 건 번식의 습관, 죽은 고양이가 새 울음소
리 내기 시작했다

#2

광장에서 달에 대해 의문을 가진 자는
달그림자에 새를 묻고
달그림자에 의문을 가진 자는
눈물을 묻는다
묻었다가 물었다 그리고 운다
남자와 여자가 그렇게 이별하고 있었다
달은 바닥에 길게 늘어진 여자의 이름이 되었다가
굶어 죽은 길고양이를 어루만지는 손바닥이 되기도 했다
비가 내린다 시간이 거꾸로 흐른다
바람이 달그림자마다 정인(情人)의 이름을 붙인다
달은 점점 커지고 있다

#3

주목할 만한 것에는 색과 선이 있다
설치미술가들은 '날지 못하는 것들에게 날개 달아 주기'
프로젝트를 진행 중이었다
폐타이어로 벽을 쌓고
유리문에 새를 그려 넣었다
'우리는 이웃을 믿을 수 없습니다'
라는 문구의 플래카드가 펄럭거렸고

펜스 바깥에서 기차 소리가 들려왔다
그들은 붉은 캔버스에 낙서를 하기 시작했고
우리는 우리의 일기를 소리 내어 읽었다
'스스로를 고립시키는 자만이 날 수 있습니다'
보이지 않을 때까지 낙서는 계속되었고
하늘에 커다란 날개들이 보였다
색들이 새가 되어 날아갔다
우리의 그림자도 점점 사라졌다

#4

연설가들은 광장의 작은 무대에서 종종 연극을 했다
어떤 장면에선
관객석에서 웃음이 터져 나왔고
어떤 장면에선
몇몇 사람들이 무대 위에 올라 욕설을 퍼부었다
심지어 외국인 노동자들은
난동을 부리기도 했다
광장 밖에서 광장을 촬영하던 사람의 배후에
거울이 보였다
거울 속에서 무대가 점점 불어나고 있었다

#7

자신이 정상임을 확인하는 방법은
자신의 이웃을 가두는 것이다

광장의 상점마다 모니터들이 있었다
우리는 상점에 들어갈 때마다
광장에서의 자기 모습을 확인해야 했다
광장의 감시 카메라들은 보이지 않는 눈처럼 존재했고
우리의 불안감은 극대화되었다
사람들은 점점 서로를 믿지 못하기 시작했다
창문이 사라지고 거울이 불어나는 동안
문을 닫는 상점이 늘어났다

#8
인형들은 상상한 만큼 존재했다
광장은 인형들로 넘쳐났고
인형을 빼앗기 위해 칼을 휘두르는 자도 생겨났다
인형은 말을 했고
인형은 춤을 췄다
대형 크레인이 하늘에서 둥둥 떠다녔다
우리는 점점 인형이 되어 갔다

#10
새벽이 되면 광기를 가진 자들은 광장을 떠돈다
하이힐을 신은 의자
종이컵에 담긴 피아노 건반들
붉은 나무를 꺼내는 창문
광고 플래카드에서 떨어지는 핏방울

보이는 게 보이지 않는 이곳에서
유령들은 매일 플랫폼을 찾아 떠나고
포도주와 바게트를 가득 실은 자전거는
어둠의 텅 빈 배 속을 지난다
노래도 없고 시간도 흐르지 않는 육체는
우리들이 모르는 우리에게 얼마나 자유로운가!
날개에 묶인 철사들이 날고
펜스는 점점 죽은 물고기들로 채워지고 있다

●자신이 정상임을 확인하는 방법은 자신의 이웃을 가두는 것이다: 엔-소
피 시덴의 설치 작품.

테셀레이션, 그 불가능한 시도와 가능한 모험

이병국(시인·문학평론가)

1. 꼬리를 자를 수 있다면 좋으련만

질문으로 시작해 보자. 권기덕 시인이 이 시집을 여는 프롤로그에서 한 말 "무대에서 소외된 자들이 스스로를 고립시키는 방법들"은 무엇일까. 여기에서 나는 '무대'라는 공간, '소외된 자'의 타자성, '고립'의 내용과 '방법'이라는 형식에 자연스럽게 집중하게 된다. 각각의 제재들이 권기덕의 시적 세계를 구축하는 데 어떠한 방식으로 영향을 미치는 것일까. 이를 알아보기 위해 몇 가지 키워드를 차용할 수 있겠다.

가장 먼저 눈에 띄는 것은 반복과 변주를 통한 시 쓰기 방식이다. 이는 시적 공간을 형성하는 데 중요한 역할을 한다. 같은 모양이나 조각 등의 평면 도형을 겹치지 않으면서 빈틈이 없게 모아 공간을 채우는 테셀레이션(Tessellation), 이른바 '쪽매맞춤'의 방식을 가져와 시 쓰기에 접목시킨 것은 아닐까 생각해 본다. 이를 미술로 형상화한 인물이 에셔

(Maurits Cornelis Escher)이다. 그의 많은 작품들이 이 방식을 사용하여 공간 착시 현상을 야기하고 현실적으로 불가능한 장면을 사실적으로 묘사하는 등 기하학적인 특이성을 구현하였다. 「도마뱀」이란 작품에서 에서는 2차원 평면에서 나와 3차원 입체로 옮겨 갔다가 다시 2차원의 그림 속으로 들어가는 도마뱀의 모습을 형상화하였다. 도마뱀이 빠져 나왔다가 되돌아가는 평면은 테셀레이션으로 이루어져 있으며 도마뱀이 회귀하는 과정에는 정12면체가 놓여 그림의 상징성을 두드러지게 하였다. 권기덕 시인의 이번 시집에도 동일한 제목의 시가 놓여 있다. 「도마뱀」의 '도마뱀' 역시 그림 속으로 들어가기도 하고 그림 밖으로 나오기도 한다. 그 곁에서 "그녀의 불안이 깊어 간다". '안과 밖'을 구분할 수 없는 세계는 그녀의 것이 될 수 없기 때문이다.

착란이 불러오는 불안의 공간은 권기덕 시인의 시 도처에 흩어져 있다. 시인은 불안의 공간을, 형식적 모험을 통해 재현하며 주체를 불안에 빠지게 하여 고립된 자신의 타자성을 목도하게 한다. 이는 스프링의 형태로 회전하며 반복된다. 끝에 다다랐다고 생각할 때, 우리가 마주하는 것은 마치 뫼비우스의 띠처럼 다시 처음이 된다. 테셀레이션과 스프링 그리고 뫼비우스의 띠는 서로 통하는 바가 있다. 그것은 반복을 통해 심연을 찾아가는 과정의 지속이라는 측면일 것이다. 완결된 세계를 부정하는 시인의 존재론적 질문이 여기에서 시작된다.

2. 그러자 내가 되었다, 그럴 리가

권기덕 시인에게 세계는 불완전한 상태로 완전하다. 당연한 이야기겠지만, 완결된 것과 완전한 것은 그 결이 다르다. 끝을 맺지 못하는 상황 속에서 완전한 불완전함을 지향한다는 점에서 권기덕 시인의 시 세계는 독특한 위치를 점유한다. 「기타리스트와 이상한 가방」을 보자. 이 시의 화자인 '나'는 동대구역에서 기타를 친다. 그런데 그의 "기타 줄은 끊어"져 있다. 그렇다고 연주를 할 수 없는 것은 아니다. '나'는 "애초부터 원곡을 온전히 연주할 생각은 없었다". '원곡'에 전제된 정상성을 부정하는 '나'의 의지가 불완전한 상태로 완전하게 반영된 행위로 '나'의 기타 줄에 고스란히 담겨 있는 셈이다. '나'의 연주를 듣는 소년이 "집 나간 엄마를 기다린다"고 하자, "집 나간 엄마는 돌아오지 않는다고 말할 뻔"한 것 역시 정상성을 부정하는 '나'의 행위와 맥락을 같이한다. 물론 '원곡'이 있다는 말은 그 정상성을 수용하는 사고의 발로일 수도 있겠다. 하지만 "없던 관객들이 일제히 기립 박수"를 쳤다고 상상하는 것처럼 정상성에 대한 부정은 '나'에게 자신의 존재를 증명할 완전한 양태인 것이다.

부정의 감각은 권기덕 시인의 사유 체계에 지배적 영향을 미친다. 들뢰즈의 말을 빌리자면, 권기덕 시인은 세계를 재현하기보다는 감각을 재현하기 때문이다. 감각을 재현한다는 말은 대상이나 풍경 혹은 감정의 재현이 아니라 그러한 것들을 일으키거나 소멸시키는 운동들을 포착하고 그 운동의 보이지 않는 힘을 보이게 하려는 데 초점을 둔 것이

다. 그렇다고 순수 추상의 방법들을 통해 물질성 자체를 탈
각시키는 방식을 추구하진 않는다. 지각의 대상을 부정하
며 그로부터 발생하는 '돌발 흔적(diagramme)'을 통해 자신
이 추구하는 새로운 질서의 단초를 구성해 내려는 감각의
수행적 행위로 권기덕 시인의 시는 나아간다.

> 나는 인간이 아닙니다 그러자 새가 되었다 나는 새가 아
> 닙니다 그러자 무화과나무가 되었다 나는 무화과나무가 아
> 닙니다 그러자 무당벌레가 되었다 나는 무당벌레가 아닙니
> 다 그러자 (중략) 텅 빈 복도가 되었다 나는 텅 빈 복도가
> 아닙니다 그러자 스프링클러가 되었다 나는 스프링클러가
> 아닙니다 그러자 (중략) 밤을 볼 수 없는 눈동자가 되었다
> 밤을 볼 수 없는 눈동자가 아닙니다 그러자 박쥐가 되었다
> 박쥐가 아닙니다 그러자 내가 되었다 아닙니다 ……

—「스프링」부분

'나'는 '나'를 부정한다. 그러자 '나'는 다른 존재가 된다.
'나'는 그 존재들조차 부정한다. 다른 존재로 명명되고 다시
이를 부정함으로써 또 다른 가능성이 되지만 그것들은 환
유의 세계를 맴돌며 그 끝을 가늠할 수 없다. 부정의 지속
과 반복, 그로부터 이어지는 가능성들은 지각될 수 없는 존
재의 새로운 질서를 감각하도록 이끈다. 한편으로 '나'로 시
작해서 '나'의 부정으로 되돌아오는 테셀레이션의 연쇄는
안과 밖의 구분을 부정함으로써 그것을 감당하고자 한다.

이는 일종의 '세컨드 라이프'라 할 수 있다. "일정하지 않"은
몸을 감각함으로써 "없는 그림자를 저녁에 묻고" '나'를 "작
은 마을을 덮는 새"로 재정립하려는 태도인지도 모르겠다
(「세컨드 라이프」). 그런 점에서 시인에게 부정은 부재를 뜻하
지 않는다. 오히려 부재를 부정하여 부재를 감당하는 존재
의 고통을 현시하고자 하는 의도가 더 크다. 「아무도 없었
다」에서 반복되는 "아무도 없었다"는 표현은 "문이 열리고"
와 결합하면서 "아무렇지 않게 문이 열리고 나는 나를 잃어
버렸다"의 사유로 연결된다. 반복해서 열리는 문으로 돌아
오거나 들어오는 존재들을 다시 지우는 과정을 통해 문 너
머 존재들의 부재를 환기시킴으로써 '나'의 부재까지도 수
용해야만 하는 역설적 수행의 차원으로 나아가는 것이다.
이로써 "나의 감각은 우리의 것,/내가 너희들이 되어 간다"
(「그림자나무」)고 목소리를 낼 수 있게 된다.

　그렇다면 '되었다'와 '아닙니다' 사이에 놓인 것은 무엇일
까. 시인은 말한다.

　나무와 나무 사이 나무의 풍경이 있고 나무의 풍경과 나
　무의 풍경 사이 나무의 노래가 들린다 나무의 노래와 나무
　의 노래 사이 나무의 붉음이 있고 나무의 붉음과 나무의 붉
　음 사이 나무의 손길이 있다 (중략) 나무의 빛이 있다 나무
　의 빛과 나무의 빛 사이 나무의 고독이 있고 나무의 고독과
　나무의 고독 사이 나무의 눈이 있다
　　　　　　　　　　　　　　　　　　　　　　　—「나무들」 부분

"나무와 나무 사이"에 있는 "나무의 풍경"이 "나무의 눈"으로 나아가는 과정은 자연의 기하학적 구조와 닮아 있다. 그런 점에서 시인이 감각하는 세계는 불규칙하고 파편적으로 보이면서도 자기 유사성을 갖는 프랙탈(fractal) 구조를 취하고 있는 것처럼 보인다. 시인이 차용하고 있는 테셀레이션 역시 일종의 프랙탈 구조라고 볼 수 있겠다. 이 구조는 어떤 것을 구성하는 부분이 전체와 닮은 기하학적 형태를 취하는 것을 말하며 눈송이나 나무껍질에서 쉽게 볼 수 있다. 시인이 이러한 반복적 구조를 전유하여 도달하려는 지점은 어디일까. 일단, 이 시의 시작에 '풍경'이 있고 끝에 '눈'이 있음을 주목할 필요가 있다. 풍경은 주체의 '눈'을 통해 가시적으로 감각되는 세계이다. 물론 이를 인식 혹은 지각이라 볼 수도 있을 것이다. 그런데 시의 최초 출발은 '나무'이며 "나무와 나무 사이 나무의 풍경"이 있고 그 풍경의 끝에 "나무의 눈"이 있다는 것과 풍경이 그것을 감각하는 최초의 출발인 '눈'으로 회귀하고 있다는 점을 고려하면, 무한히 반복되는 과정은 결국 그것을 감각하는 주체로 돌아오게 된다는 것을 의미하는 것은 아닐까. '나'는 그 자체로 완전한 존재인 '나'가 아니라 반복의 과정 속에서만 감각되고 존재할 수 있는 불완전한 주체인 셈이다.

권기덕 시인이 수행하는 반복과 변주는 파편적으로 감각할 수밖에 없는 불완전한 주체의 얼굴을 찾고자 하는 행위라고 볼 수 있다. "얼굴 없는 마네킹"(「못 본 척」), "얼굴 없는 얼굴"(「얼굴로 둘러싸인 방」)이 얼룩처럼 느껴지는 것도 어쩌면 그 불완전함으로 인해 스스로를 부정하여 "보이지 않는 것이 보이는 것 너머"에 있는 "나를 상상하게 만"드는 전략처럼 보인다(「블라인드 윈도우」).

3. 토막 난 기억들이 나를?

하지만 상상된 '나'는 스프링으로 구성된 세계에 존재한다. "스프링이 스프링 위에 쌓이고 새 문장들이 펼쳐져도 너는 스프링으로 둘러싸인 공간에서 한낱 스프링일 뿐"(「스프링나무」)이라고 시인은 말한다. 이 세계 속에서 너는 한낱 스프링일 뿐이지만, 그것은 '나' 역시 마찬가지일 것이다. "네 내부는 내 외부를 깨뜨리는 것"(같은 시)에 주목해 보자. 앞에서 살펴보았듯이 스프링이 뫼비우스의 띠와 테셀레이션의 속성을 지닌 것임을 고려한다면, '너'와 '나'는 구분될 수 없는 자기 유사성을 띤 쌍생아처럼 보이는 것도 사실이다. '너'와 '나'는 일종의 거울 반영이라고 할 수도 있겠다. '나'가 감각하는 풍경의 바깥에 있는 듯 보이지만 실상 그것은 자기 반영의 형태로 '나'와 결합한다. 그런 점에서 스프링으로 구성된 세계는 원심력을 상상하는 구심력의 세계라고 볼 수 있다. 너머를 상상하지만 결국 자신에게로 회귀할 수밖에 없는 세계인 셈이다. "나는 그곳에서도 뿌리를 내릴 테지. 매일 버려지는 시체처럼"(같은 시)이라고 시인은 말한다. 그런데 그 뿌리내림은 나무가 자랄 수 있는 든든한 기반이 될 수 있을까.

중첩된 방식으로 이미지를 구축함으로써 인식의 내부와

외부의 경계를 무너뜨리는 권기덕 시인은 그 과정에서 부재한 것들을 현시하려는 의지를 지닌다. 이번 시집에서 반복해서 제시되는 '없는' '없어요' 등의 언술에서 이를 엿볼 수 있다. 그러나 '없음' 안에서 도출해 낼 수 있는 이미지는 마치 "매직아이 그림 보듯"(「벽 속의 얼굴」) 해야만 찾아낼 수 있는 것인지도 모른다. "매직아이 그림 보듯" 바라봄으로써 권기덕 시인의 시에서는 겹친 곳에서 겹친 상태로 공간이 발생하고 그 공간이 '없음'이라는 형태를 취한다. 그렇게 돌출하는 세계는 있지도, 없지도 않은 세계가 되는 것이다. 그곳에서 "없는 벽 속으로 없는 얼굴이 도망"(같은 시)가는 양태를 우리는 발견할 수 '있다'.

"없는 얼굴"로 도망간 "나는 지금 이곳이 아니라 지금 그곳에 존재한다"고 한다. 「숨을 곳 찾기」에 나오는 문장인데 이 시는 덩어리진 문장들이 불규칙하게, 그럼에도 일정한 체계를 지닌 채 나열된 방식을 취한다. 각 문장은 과거 시제와 현재 시제가 혼용되어 있다. '나'가 존재하는 '그곳'과 존재하지 않는 '이곳'은 어디일까. '이곳'은 어쩌면 우리가 발 딛고 서 있는 곳이며, 현재의 어느 지점이 된다. 반면 '그곳'은 '이곳'이 아니기에 우리가 부재한, 그래서 상상으로나 존재할 수 있는 곳이 된다. "숨을 곳"은 언제나 '이곳'이 아니라 '그곳' 즉 우리가 발 딛고 뿌리내리고 있는 곳이 아니라 우리가 부재한 곳에서만 사유가 가능하다는 것을 말해 준다.

내가 살아 있다는 걸 증명할 수 있니? 벤치에 앉아 곰곰이 생각해 보기로 했어. 나무가 내 몸속에 달아 놓은 심장 소리가 기계적으로 들리기 시작했지. 이 공간이 포름알데히드 약품 처리되었다면 나는 죽어 있음이 분명하지. 토막 난 몸이 수족관 속에 장식된 건지 모르지. 태엽 인형처럼 밥 먹고 양치질하며 죽은 아이들을 어린이집으로 보내고 있는 건 아닌지, 잘린 다리 하나는 개 이빨 사이에서 아픔조차 느끼지 못할 것 같아. 나는 죽어 있음이 분명하지. 태양이 머리 위로 탕탕 못을 박고 있지. 몸에서 못이 튀어나오고 있지. 쏠배감펭처럼 헤엄쳐 보기로 해. 왜 나는 내가 아니라고 말하지 못하는 걸까? 나는 죽어 있음이 분명하지. 부품들 달그락거리는 소리에 검은 새들이 똥을 누고 날아가지. 약품 처리된 게 분명하지. 단지 어딘가에서 내 머리카락이 되살아나고 눈동자가 곰팡이처럼 무한 증식되길. 나는 죽어 있음이 분명하지. 토막 난 기억들이 나를 증명할 수 없다면

—「명—살아 있는 자의 마음속에 있는
죽음의 육체적 불가능성」 전문

"내가 살아 있다는 걸 증명"하기 위해 '나'는 "죽어 있음" 과 대면해야 한다. 존재의 부재를 감각하고 이를 반복적으로 의식하게 될 때, 그것을 둘러싼 기억들의 파편을 통해 나는 '살아 있음'을 증명할 수 있다. 그러나 토막 난 몸 사이에 채워진 포름알데히드는 기억의 토막이 접근하는 것을 가로막는다. 영국의 'yBa(young British artist)'의 리더격

인 데미안 허스트(Damien Hirst)의 작품 「살아 있는 자의 마음속에 있는 죽음의 육체적 불가능성」은 죽음에 대한 사유에 기반한다. 윤리적 측면을 걷어 내고 보자면, 이 작품은 죽음이 도처에 존재하며 계획할 수도, 피할 수도 없다는 것을 의미한다. 죽음의 불가피성과 삶의 무의미함을 뜻하는 바니타스(vanitas)적인 메시지를 전달하고 있는 셈이다. 있지도 없지도 않은 세계 속에서 '없는 얼굴'을 끊임없이 비춰 보는 권기덕 시인에게 이 작품이 중요하게 감각되는 것도 무리가 아니다.

삶과 죽음은 봉합할 수 없는 사이를 지닌다. 그것은 마치 다중 우주에 존재하는 또 다른 '나'와의 조우처럼 상상 속에서만 중첩이 가능한 간극이다. A와 A′의 간극을 메울 수 있는 방법은 없다(「멀리 있는 방 A를 위해 만든 방 A′」). 상상은 가능하지만 메울 수 없는 거리가 그 사이에 존재하기 때문이다. 「거울로 된 방에 눈이 내릴 때」를 채우는 문장처럼, "나비 패턴의 무늬로 가득 찬 저 벽"의 반복만 있을 뿐이다. 통합될 수 없는 개체는 결국 자신의 부재를 끊임없이 인식함으로써 하나의 세계에 또 다른 세계를 자꾸만 중첩시킴으로써 그 세계 간의 간극을 감각하고 균열을 전유하는 방식만을 표상할 뿐이다. 표상의 주체는 '드라이플라워'(「드라이플라워」)처럼 삶을 상상하는 죽음이라서 그 간극을 이어 붙이려는 시도는 불가피하게 실패로 귀결된다. 봉합되는 것은 없다. 여전히 간극은 발생하고 '나'는 '사이'에 놓인 그림자를 '그곳'으로 밀어 넣으며 그 주위를 부유하는 일만 수행하게 된다. 이미 포름알데히드가 채워진 유리벽 안에 갇혀 있는 '나'가 아니던가. 아무리 발버둥 쳐도 스프링으로 구성된 세계에서 우리는 다시 처음으로 돌아갈 수밖에 없다.

4. 다시 처음으로 내가 되었다(고 상상한다)

처음으로 돌아가야 한다는 것이 최초의 자리로 재위치하는 것은 아니다. 지속된 과정을 경유하여 되돌아오는 자리에서 우리의 감각은 무한한 가능성으로 채워진다. 끝에서 처음으로 되돌아가며 새로운 의미를 창출하는 광고 기법이 있다. 아나사이클리칼(anacyclical)이 그것인데, 이는 글을 읽어 내려갈 때는 부정적이지만 거꾸로 다시 올라가면서 읽게 되면 긍정적으로 바뀌는 브랜드 광고 전략 중 하나이다. 반전의 효과를 통해 새로운 깨달음을 느끼게 하는 것이다. 권기덕 시인의 「불투명 바람」이 이 기법을 차용한다. 다소 길지만 옮겨 적는다.

1

트랙 위를 달리던 우리는 멈춘 채 하늘을 바라본다
구두와 포크, 머그잔들이 날고
열쇠, 돌멩이 그리고 눈물이 날아온다
바닥이 흔들리고 나무에서 비가 내린다
검은 의자에서 푸른 생각을 하고
붉은 모자를 쓴 당신은 인형을 든 인형

이유 없이 코가 길어지는 시간,
그늘은 검은 연기로 변해 가고
원고지처럼 채워지는 공간들
피 흘려도 아프지 않은 건 사물에 대한 예의
깨진 소리가 모여 없는 소리를 낼 때
어떤 블라인드에서 우리를 흔드는 날개가 자란다
사다리에서 사다리가 내리고
우리는 우리 사이를 모른다

2

우리는 우리 사이를 모른다
사다리에서 사다리가 내리고
어떤 블라인드에서 우리를 흔드는 날개가 자란다
깨진 소리가 모여 없는 소리를 낼 때
피 흘려도 아프지 않은 건 사물에 대한 예의
원고지처럼 채워지는 공간들
그늘은 검은 연기로 변해 가고
이유 없이 코가 길어지는 시간,
붉은 모자를 쓴 당신은 인형을 든 인형
검은 의자에서 푸른 생각을 하고
바닥이 흔들리고 나무에서 비가 내린다
열쇠, 돌멩이 그리고 눈물이 날아온다
구두와 포크, 머그잔들이 날고

트랙 위를 달리던 우리는 멈춘 채 하늘을 바라본다
—「불투명 바람」 전문

　권기덕 시인은 이 시에서 모르는 우리 사이를 뒤집어 "하늘을 바라"보게 한다. 시인은 방향성을 달리하여 우리 사이의 협소한 간극에서 하늘의 광활함으로 독자의 시야의 품을 확장시킨다. 그렇게 다른 가능성을 사유하도록 이끈다. 이는 존재가 부재하지 않았던 최초의 시간으로 우리를 되돌려 놓으려는, 그 불가능한 시도를 가능하게 하는 상상적 모험이다. 그런 점에서 앞의 시들과는 조금 다른 내적 기율을 갖고 있다고 할 수 있겠다.

　「불투명 바람」이 보여 주는 '우리'를 재생하고자 하는 소망은 몇 해 전 일어났던 참사를 배면에 두고 있다. 그렇기 때문에 소망은 사라진 아이로부터 전해진 밀서의 형태로 제시되기도 한다. "내가 만지던 반죽은 뼈였어요. 그건 엄마가 정해 준 이름이 아니라 내가 살리고 싶던 짐승이었어요."(「툴」) "우리 몸은 거꾸로 자랄 수 있습니까?" "토막 난 야채에서/죽은 짐승 뼈가 자랄 수 있을까요?"(「곰팡이」) "죽은 자의 슬픔을 죽은 자 대신 슬퍼할 수 있습니까?"(「마스크」) 이 구절들이 지닌 애도의 마음과 재생에의 소망은 상실에 기반한 부재의 상황을 되돌리고자 하는 간절함에서 비롯된다. 그렇기에 "여기 없는 것이 잃은 것은 아니듯"(「판다」) 좌절의 상태로 침잠할 수는 없다. 불합리한 세계에서 '나'를 일으켜 세우는 일은 상실의 고통에 빠져 있는 것이 아니라 그 상실을 전유하여 새로운 가치를 찾아나서는 데 있다. 권기덕 시인이 그려 낸 테셀레이션의 시적 성취는 어쩌면 이런 점에서 유의미한 위치를 점유하고 있는지도 모른다. 이제 죽음의 불가피성과 삶의 무의미함이라는 바니타스 역시 이제는 다르게 감각해야 한다. 삶과 죽음은 봉합할 수 없는 간극을 지니지만 권기덕 시인의 감각 속에서 이 간극은 다른 의미를 획득한다. "여기 없는 것이 잃은 것은 아니"다. 잃은 것이 아니라 단지 여기 없는 것일 뿐이라는 사유의 전환은 기다림을 가능하게 한다. 기다림은 기다림의 대상이 도착함으로 끝날 일은 아니다. 그것은 수행하는 행위 자체에 의미가 있으며 이를 통해 새로운 길을 내며 '나'와 부새 사이의 부정을 전유하여 다시금 무엇으로 휘둘리지 않는 강인한 의지를 드러내도록 한다. '없는' 것들을 끊임없이 상기시키는 권기덕 시인의 언술 운용은 결국 '없는'을 지연시키는 시적 기획인 셈이다.

그러나 이 기획에는 시인의 불안이 감추어져 있다. 언젠가는 끝에 다다를지 모른다는 불안이 그것이다. 그것을 제어하는 언어는 안정적이지만 차갑다. 그 덕분에 파국으로 치닫지 않는다. 스스로의 질료를 부정하며 "굳어 버린 육신을 밀어 올"(「〈새〉를 저항하는 새」)림으로써 자신의 존재를 증명한다. 그 존재 증명은 "네 말소리보다 네가 머물던 자리에서 망설였던 내 문장을 상상하"(같은 시)여 혁명을 완수한다. 혁명은 "새가 되는 것/새가 되기 위해 돌이 되는 것/돌이 되어 새의 영혼을 갖는 것"(같은 시)이다. 자신의 문장을 되돌아보며 시의 질료를 부정하는 한편으로 부조된 존재로 가라앉는 것을 거부하는 행위로 나아가게 한다. "소통 불가능 세계에서 움직이는 것들은 벽이 된다"(「부조의 진화」). 그 벽에서 "돌는 날개"(같은 시)는 참혹의 세계에서 '나'를 구해 낸다.

5. 지속과 지연의 가능성

"슬픔이 살지 않는 곳이 있을까?"(「13월의 금요일」) 아마도 그런 곳은 존재하지 않을 것이다. 그럼에도 아니 그럴수록 더욱 부정을 부정하고 싶은 마음이 드는 것은 왜일까? 참혹한 세계에서 '나'를 구해 내기 위해서 부정의 사유와 그것을 감각하는 '나'는 무엇을 해야만 할까? 우리가 '바다'으로 무너져 가라앉지 않기 위해 할 수 있는 일은 "아득하게 붉어지는 수평선을 마주하며/저녁이면 돌아오는 눈물을/한 없이 닦아 주는 일//죽은 사람들과 죽을 사람들과 죽는 사람들이 모여/아득한 풍경이 되어"(같은 시) 가는 일일 것이다. 그것은 부재를 삭제하는 것이 아니라 긍정한 채로 존재의 자리로 다시금 되돌려 놓는 행위이다. 이때 우리는 "절망을 쓰다듬을 수 있는 건 상대적인 시간밖에 없다"(「은하약국 999호」)는 것을 염두에 두어야 한다.

앞에서 보았듯이 권기덕 시인의 이 행위는 적극적으로 수행되었다. 상대적인 시간을 형상화하는 방법으로 권기덕 시인은 스프링의 형태적 측면을 차용했다. 이를 다시 테셀레이션의 구조로 꽉 짠 이미지의 언어로 구현하였다고 볼 수 있다. 시집 본문으로 들어가는 통로인 각 부 구성의 도입 구절들은 권기덕 시인의 이러한 시선을 대변하고 있다고 봐야 한다. '#'으로 넘버링되어 있는 서사 구조는 그 순서가 뒤섞여 있어 어디서부터 시작하고 어떤 흐름으로 읽어야 하는지 혼란을 준다. 그렇다고 굳이 '#1'에서 '#10'으로 이어지는 순서를 찾아 읽을 필요는 없다. 시간을 뒤섞음으로써 발생되는 사건과 그 결과의 지연을 통해 지속되는 상태를 수용한다면, 상대적인 시간이 우리가 절망으로 침잠하지 않도록 붙잡아 준다는 것을 느낄 수 있으리라. 여전히 지속되는 상태, 기다림의 상태이자 부재를 지연시키는 수행적 차원의 행위에 변주를 시도하려는 권기덕 시인의 전략이 의미심장하게 다가온다. 주체-대상의 관계는 애초에 현실 속 부정된 자리에서 감각된 부정의 자리로 이동시켜 서로 겹쳐진 이미지를 만든다. 처음부터 백지인 채로 부재하는 존재를 상대적인 시간 속에 두어 "진실도 없이, 거짓도 없이 문만 열리"는 "알 수 없는 시대"를 살아가는 우리를 비춰 보게 한다(#6). 불안의 "그림자가 더 길어진"(#9) "모든 공간은 선들로 채워"(#5)진다. "스스로를 고립시키는 자만이 날 수 있"(#3)다는 믿음은 자신이 정상임을 확인하기 위해 "자신의 이웃을 가두는"(#7) 맥락을 불러온다. 이것이 상기시키는 것은 결국 안팎의 구분은 불가능하다는 것이다. 존재와 부정, 그 구분은 불완전한 상태로 완전한, 그래서 완결되지 않는 세계를 부각시키는 동시에 폐쇄적인 단절이 아닌 끊임없이 지속되는 다른 가능성들을 잇고자 하는 의지에 가깝다.

섬뜩할 수도 있는 세계와의 관계를 부정의 감각으로 사유하는 권기덕 시인의 시가 갖는 테셀레이션은 그런 점에서 꽉 짜인 이미지를 통해 개방된 상대성의 영역으로 확장된다. '나'는 언제든 부정될 것이다. 그 부정의 너머에서 '나'는 그 무엇으로도 예상치 못한 방향으로 재정립될 것이다. 상대적인 시간이 남긴 돌발 흔적을 우리가 발견하게 될 때, 우리는 우리 자신을 돌아보며 최초의 질문에 대답을 하게 될 것이다. 하지만 더 중요한 것은 어쩌면 질문 너머, 저 바깥에 대한 믿음인지도 모르겠다. 구심력의 강력한 자장에서 벗어난 '나'를 가능하게 하는 불가능한 상상과 함께 말이다.